屈原幻想伝

楚歌

【Soka】

AKIU So

秋生騒

文芸社

楚歌 ◆ 目次

序章

黎明

れいめい

中国大陸の歴史は古い。その始まりは紀元前三〇〇〇年頃の神話時代からといわれている。いまからおよそ五千年以上も前のことである。

この神話時代は〝三皇五帝《さんこうごてい》時代〟ともいわれ、三人の皇と五人の帝王が中国大陸を統治したと伝えられている。ここでいわれている皇とは〝神〟のことであり、帝は〝聖人〟を意味していた。つまり神話の中で、三人の神と五人の聖人が中国を統治してきたとされている。

その神話に関する書籍を読むと、三皇五帝のそれぞれが理想の君主として、様々な活躍をしている。この時代は永い中国の歴史における、いわば〝理想国家の時代〟だった。

では、その三皇五帝とは具体的に誰なのか。

これに関しては諸説が多く、今日でも定まっていない。一般的には、司馬遷《しばせん》の『史記』

に登場する人物たちが、それに該当するといわれている。勿論、それに対する異説も多い。

司馬遷（紀元前一四五年～紀元前八五年頃）は前漢時代の歴史家で、本格的な歴史書である『史記』を編纂したことでもよく知られている。その司馬遷が皇帝という称号を与えた三人の人物、即ち、天皇《てんこう》・地皇《ちこう》・泰皇《たいこう》（人皇《じんこう》ともいう）の三人が、三皇だとされている。ただ司馬遷自身は、この三人を三皇だとは断定していない。司馬遷は三皇の時代を神話における単なる伝承だと捉えており、おそらく、三皇を架空の人物と考えていたと思われる。

この三皇に関しては、天皇・地皇・泰皇ではなく、伏羲《ふくぎ》・女媧《じょか》・神農《しんのう》の三人を挙げる人たちも多い。それによると、伏羲は易を生みだし、女媧は人類を誕生させ、神農は人々に農業を伝えたとされている。いずれにしても、神話における神の姿なので、実証することはできない。

司馬遷が明らかにしたのは、三皇に続く五帝の方であった。司馬遷は『史記』の冒頭で、黄帝《こうてい》・顓頊《せんぎょく》・帝嚳《ていこく》・堯《ぎょう》・舜《しゅん》の五人を五帝と呼んだ。この五人は司馬遷によると実在した人物で、次のような業績を収めたとされている。

まず、黄帝は三皇の理想的な治世を引き継ぎ、最初に中国を統治した人間の帝である。敵対する一族や異民族を討伐し、国土を切り拓きながら、中国の領土を拡大した王である。

開国の覇王ともいえるだろう。

この黄帝以降の四帝やその後の諸王・諸侯のほとんどが、黄帝の子孫だと伝えられている。断定はできないが、黄帝の威光にあやかるため、そう名乗ったものと考えられる。それだけ影響力の強い王だったのだろう。

黄帝の後を継いだのが、黄帝の孫の顓頊である。顓頊は高陽に都を建設したことから、高陽氏とも呼ばれている。神霊や鬼神を強く信仰しており、祭祀政治を行った。おそらく中国全土に広がった祭祀の基を創った人物と考えられる。その祭祀の真髄が、のちの楚《そ》や殷《いん》に伝わったとされる。『史記』によれば、楚の祖先は顓頊であると記されており、その説を裏づけている。顓頊は智恵と正義に富み、顓頊に帰順しない人々はいなかったと伝わっている。

この顓頊の後を継いで、帝位に就いたのが嚳である。帝嚳と呼ばれており、黄帝の曾孫であった。非常に聡明な人物で、生まれながらにして、自分の名前を言うことができた、と記されている。当然、これは伝説に過ぎない。帝嚳はその賢さと徳の高さで国をよく治め、理想的な治世が行われた。帝嚳には摯《し》・堯・后稷《こうしょく》・契《せつ》など、数多くの子供がいた。のちにその子供たちや、さらにその子孫が、中国大陸の帝や多くの王朝の王となる。

帝嚳の死後、帝位を継いだのが、帝嚳の長男であった摯である。しかし、その治世はあまりよくなかったようだ。史書には〝不善〟と記されている。そのため、摯が帝として数えられることはなかった。帝は聖人だけに与えられる尊称で、摯はそれに該当しなかったのだ。

摯の死後、その王位は帝嚳の二男であった堯に引き継がれ、のちに彼が〝帝堯〟と呼ばれることになる。特に、堯は儒家によって神聖視され、聖人の中の聖人として崇められた。そのため逸話も多く、様々な記述や伝説がいまに残っている。

たとえば、臣下に命じ、天体を観察させて暦を創った。あるいは、その当時、十個もあった太陽の内、九個を弓の名人であった羿《げい》に打ち落とさせ、灼熱地獄であった地上を救った、等々である。こうした堯の神話が数多く記されているのは、それだけ彼が偉大な王であったことの証であると思われる。

堯は都を平陽に置き、非常に質素な暮らしを送ったという。また、堯は自分が生きている間に、その王位を自分の息子ではなく、顓頊の子孫であった舜へ禅譲した。儒家はそのことを非常に高く評価し、彼を〝帝堯〟と称えたのである。

王位を禅譲された舜もまた聖人と崇められ、のちの人々から〝帝舜〟と呼ばれた。舜は特に治水事業に力を注ぎ、禹《う》を起用して治水に成功した。その理想的な政治から、堯と並んで〝堯舜〟と呼ばれ、今日でも多くの人々に敬われている。

興味深いのは、史書に舜が『南風歌』という詩を創った、と記されていることである。もしこれが事実ならば、舜は中国大陸で最初に漢詩を詠んだ人物ということになるだろう。

今日まで伝わっている『南風歌』の詩は、次のようなものである。

南から薫風が吹く
民の心が和らぐ
南から風が吹く時
民の暮らしが豊かになる

南からの風が吹くと民衆の心が安らぎ、暮らしが豊かになる、そう舜はうたった。

では何故、南からの風が吹くと民衆の心が安らぎ、暮らしが豊かになるのか。その南からの風とは、いったい何を象徴しているのか。

残念ながら、それに関しては伝わっていない。ひょっとしたら、『南風歌』はもっと長い詩歌であったのかも知れない。そこにはその理由がうたわれていた可能性もある。だが、その言葉が残されていない以上、いまとなってはその背景がよくわからない。ただ、南とは楚があった地域ではないだろうか。昔、顓頊が南の地に広めた祭祀から生まれた風。それが南の風であったのかも知れない。その祭祀が人々の心を豊かにし、国を富ませることに繋がったのだろうか。疑問は尽きない。

舜は三十九年間、国を統治した後、その帝位を禹に禅譲した。禹は舜の息子ではない。禹は黄帝の雲孫《うんそん》（八世の孫）にあたる。堯から王位を禅譲された舜もまた、その王位を能力のある禹に禅譲したのである。自分の血筋よりも国民の繁栄を優先したということで、人々に大きく称賛された。のちの時代に入ると多くの儒家が、この堯・舜・禹の三代にわたる治世と王位の禅譲を、国家の理想的な統治の模範として、その後の国々にも実現させようと奔走することになる。

帝位を譲られた禹は、治水事業に失敗した父の鯀《こん》の後を継ぎ、黄河の治水事業で大成功を収める。その禹が建国したのが、中国の史書に初めて登場する王朝の〝夏《か》〟（夏后《かこう》という場合もある）であった。

司馬遷の『史記』によれば、夏王朝は初代の王である禹から最後の桀《けつ》まで、四百七十一年間続いたと記されている。この夏王朝は紀元前一六〇〇年頃、殷王朝の創始者である湯《とう》王《おう》に滅ぼされた。

その殷王朝は〝商《しょう》〟ともいい、紀元前十一世紀頃まで続いたが、第三十代紂王《ちゅうおう》の時、周の武王《ぶおう》に滅ぼされる。史書によると、紂王は暴君として知られており、その放蕩生活の結果、のちの世に〝酒池肉林〟などの不名誉な言葉を遺した。

殷王朝を滅ぼした周は、もともと殷の従属国の一つに過ぎなかった。その周に、一人の傑出した人物が誕生する。それがのちの武王であった。武王は周公旦《しゅうこうたん》、太公望《たいこうぼう》など、歴史にその名を残した賢臣の補佐を得て、紀元前一〇四六年、〝牧野《ぼくや》の闘い〟で殷の紂王を討伐し、周王朝を創始した。

武王は漢中《かんちゅう》にあった鎬京《こうけい》に都を置く。鎬京はのちの漢代になり、長安と呼ばれることになる。それがいまの西安である。周王朝の歴代の王は強力な軍事力と祭祀力の二つによって、国内と周辺の諸侯を支配していった。

紀元前七七〇年、西北の異民族である犬戎《けんじゅう》に周王朝が侵略され、鎬京を捨てて洛邑《らくゆう》（洛陽）へ遷都する。これを境にして、鎬京に首都があった時代を〝西周時代〟といい、洛邑へ遷都してからの時代を〝東周時代〟と呼ぶ。

この東周時代の始まりが、春秋戦国時代の幕開けであった。その後、紀元前二二一年、秦が中国を統一するまでの五百四十九年間が、春秋戦国時代である。ただ、春秋と戦国が、いつから分かれるのかに関しては諸説があり、定まっていない。一般的には紀元前四〇三年、晋《しん》が韓《かん》・魏《ぎ》・趙《ちょう》の三国に分裂する直前までを春秋時代、それ以降を戦国時代と呼ぶことが多い。

春秋戦国時代、〝王〟を名乗れたのは、周王朝の継承者ただ一人だけであった。周王朝の周辺に存在していた諸国の領主は皆、〝公〟あるいは〝侯〟と呼ばれた。しかし、次第に周王朝の支配力が衰退していく中で、楚・斉《せい》・魏の三ヵ国では、領主が勝手に王を名乗るようになった。それだけ周王朝の力が衰えたといえるだろう。

その戦国時代に、のちの歴史に名を残す英傑たちが複数誕生し、それぞれが数奇な運命をたどりながら消えていく。その中で、『楚歌』は生まれることになるのである。

第一章　邂逅《かいこう》

一

中国大陸の南部、長江の中流域に楚《そ》という名前の国が存在していた。もともとは丹陽《たんよう》周辺で活動していた一部族が、その始まりとされている。紀元前十一世紀頃、周《しゅう》の文王《ぶんおう》に仕えていた鬻熊《いくゆう》が楚の基盤を創り、その曾孫の熊繹《ゆうえき》という人物の時に、楚が建国された。

建国後、楚は幾代かの王の手によって西へと進出し、中国南部の、長江一帯の広い地域を勢力下に治めることになる。その後、国力や兵力を蓄えることで、〝戦国七雄〟の一つとなった。

戦国七雄とは、戦国時代に中国大陸を分割統治した七つの有力な国々を指す。具体的には、韓・魏・趙《ちょう》・斉《せい》・燕・楚・秦の七国である。それ以外にも大陸では、衛・魯・宋・中山などの国々が存在していた。この時代にはまだ周王朝（東周）が洛邑《らくゆう》に残っていたが、その支配力は弱まり、実際には一つの小国に過ぎなかった。

楚の王都は西北に八嶺山、北を紀山に囲まれた堅牢の地である〝郢《えい》〟に築かれた。郢の街は四隅が切り落とされた長方形の城壁に囲まれており、城壁の南北が四十五里（約三・五キロメートル）、東西が五十里（約四キロメートル）の広さを持つ城塞都市であった。

城塞内には南大門から北の宮殿に向かう、広い大通りが通っている。その両脇には旅人が宿泊する多くの飯店や賓館《ひんかん》、大勢の人たちが食事する豪華な餐館《さんかん》などが建ち並び、絶えず華やかな賑わいに溢れていた。大通りの北には大城壁に囲まれた壮麗な紀南城《きなんじょう》が建てられ、旅人に楚の盛況さを印象づけている。

建国から数えて、およそ七百七十年後の戦国時代、楚は懐王《かいおう》の時代を迎えていた。その懐王四年（紀元前三二五年）、郢の広い大通りを、南大門から紀南城へ向かって、二人の人物が歩いていた。

わずかに前を行く一人はまだ少年だった。ただ、その顔立ちは端正で凛々しかった。太い眉、澄んだ瞳。目尻がわずかに吊り上がっていて、意志の強さが窺われた。その少年を護るように少し後ろを歩いている青年は逞しく、知性に溢れた顔をしている。

この二人は王都郢から遙か北にある屈邑《くつゆう》の出身者であった。前を行く少年の名を屈原《くつげん》という。年齢は十五歳。氏《うじ》が屈で、諱《いみな》は平、字《あざな》が原である。屈氏は楚の武王の公子であった瑕《か》を祖先としている。楚では景氏や昭氏と並んで〝三閭《さんりょ》〟と呼ばれ、最高の名門公族であった。屈原はその屈氏の正統な継承者である。ただ、父が早くに亡くなったので、いまはその地位を叔父に譲っていたが、やがて屈氏の主となる人物だった。その屈原の後ろに付き添う青年は、汪立《おうりつ》という名の屈原の傅役《もりやく》である。年は屈原の一回り上の二十七歳であった。

大通りを興味深そうに見回していた屈原は、前から歩いてくる見慣れぬ奇妙な集団と遭遇した。先頭を行く五人の女性が激しく踊りながらうたっている。その後ろには太鼓や弦《げん》鼗《とう》などを演奏しながら歩く、十数人の男性が従っていた。

弦鼗とは琵琶の前身となった楽器で、円形の胴に棹《さお》がついており、そこに三本の弦が張られている。その弦を演者が指で弾いて、美しい音色を奏でていた。その音色に合わせて前を行く女性たちがうたっている。また、歌の調子を取るように太鼓が小気味よく叩かれ、その躍動感に屈原の心までが弾んだ。

屈原が後ろを振り返り、汪立に聞いた。

「汪立、あれは何だ？」

「巫風《ふふう》でございます」

「巫風とは？」

「巫風は神々と人間との間を結ぶ祭祀のことです。楚では遙か昔から行われてきています」

汪立が丁寧に答えた。

楚では建国時から巫風が盛んであった。巫風では神がかりになった女性の巫《ふ》や男性の覡《げき》が、神霊や祖霊、時には霊鬼や妖怪などの霊魂と交流を行い、その交流によって受けた啓示をうたいながら踊るのである。

巫風でうたわれている歌詞は〝興《きょう》〟と呼ばれ、その内容は様々だった。たとえば、神霊などの預言だったり、悪霊を払うための呪文であったりした。さらには、人々の日々の暮らしや喜び、悲しみなども興としてうたわれた。

神々と一体化した巫や覡が楽団の奏でる楽曲に合わせ、興をうたいながら狂ったように街を踊り歩く、一種の宗教的儀式といえた。それが楚における巫風であった。

初めて巫風を見た人々は、その異様さに驚くが、やがてうたわれている興と踊りに魅了され、自分も恍惚の世界へと引き込まれてしまう。それが巫風の最大の魅力であった。楚ではこの巫風が日常的に行われていたが、屈原が目にしたのは初めてのことだった。

「巫は何をうたっているのだ？」と屈原が汪立に聞いた。

「古《いにしえ》より伝わる興でございます」

「興とは？」

「興は神々や人々の思いを、韻文でたとえた歌です」

「人々の思いを韻文でたとえるのか……」

屈原は巫がうたっている興の意味に強く心を奪われた。その内容をよく聴いてみると、いままで見聞きしたことのある語句が絶妙に組み合わされ、新しい意味を持つ言葉になっているように思えた。

本当は何をうたっているのだろうか、と思った屈原は、改めて注意深く興の言葉を聴いた。すると、興の言葉には様々な意味が隠されている。言葉をそのままの意味だけで捉えてはいけないことに気づいた。

この時、屈原が聴いた興は次のようにうたわれていた。

風雨が音を立て
鶏が声をあげて鳴いている
あなたに会うことができて

心が平静でいられない

この興はのちに『風雨』と呼ばれることになる。これを聴いた屈原は、その語句の裏に隠されている、本当の意味を探った。

普通にこの興を聴けば、愛する男と出会えた時の、女性の喜びをうたっているように思える。しかし、風雨の夜を、嵐に襲われた世間と捉えれば、その意味は大きく変わってくる。たとえば、鶏の鳴き声は戦火の響きを象徴しているのではないだろうか。無理やり徴兵され、戦争に駆り出された愛しい男が、やっと戦地から無事に自分のもとへ帰ってきた。女性はそのことを喜ばずにはいられない。そう解釈することも可能だった。

その解釈が正しければ、この興は男女の愛をうたっているようで、実際には厭戦に繋がる興といえる。いや、ひょっとしたら、人々を戦禍に巻き込む為政者を、婉曲的に非難しているのかも知れない。いわゆる暗喩という表現方法である。

それらのことを感じ取った屈原は、興の解釈が一筋縄ではいかないことに驚いた。巫風は、その複雑な意味を持つ興を歌謡と踊り、さらには、人の魂を激しく揺さぶるような楽器の音色で、聴衆たちに伝えているのだ。

──巫風でうたわれている興は、かなり奥深い世界だ。

屈原がいま聴いたばかりの興を自分の口の中で、幾度かうたってみた。楽曲も素晴らしかったが、何よりもその歌詞の覚えやすさに驚いた。これならば、人々の口から口へ伝わり、誰もが覚え知ることが可能だ。何世代にもわたり、口伝として遺っていくことができるだろう。

屈原は巫風でうたわれている興に強く心を惹かれた。同時に、屈原はその表現技巧の見事さに感嘆した。

言葉とはこれほどまで巧みに表現できるものなのか、と屈原は思い、表現の奥行きの深さに驚いた。

「汪立、興とはよいものだな」と屈原が汪立に向かって言った。

「はい。楚では興だけですが、伝え聞くところによりますと、北方には、〝賦《ふ》〟や〝比《ひ》〟などと呼ばれている、別の巫風もあるそうです」

そう汪立が答えた。それを聞いた屈原が汪立に聞いた。

「賦や比とはどのような巫風なのだ？」

「残念ながら、楚には伝わってきておりません」

「博識な汪立でも知らないのか」

「はい、申し訳ございません。ただ、賦は直叙《ちょくじょ》、比は比喩。興は連想と聞いたことがあります」

直叙とは事実を誇張せず、ありのまま伝える技法であった。また、比喩はたとえを用いて伝えることで、連想とは言葉の意味を次々に思い浮かべることである。そういえば、確かに屈原の聴いた興は、その意味を色々と想像できるものであった。また、そのことに気づいたため、屈原は巫風の世界の魅力に囚われたのである。

屈原が生きていた時代には、まだ詩という言葉や概念が存在していなかった。韻文などはすべて、巫風でうたう歌詞として認識されていた。これらの韻文が〝詩の六義《りくぎ》〟と分類され、詩という言葉が定着するのは、この時代からおよそ五百年後のことである。

この時、屈原が残念に思ったのは、物知りの汪立でも、北方でうたわれているという賦や比に関して知らなかったことである。屈原はそれを知りたいと強く思った。

――何とか知る方法はないのだろうか。

その方法を探してみたいとも思った。それは屈原の興味が興へ、そして、まだ一度も聴いたことのない北方の賦や比に向かって、大きく傾いた瞬間であった。

「汪立、一度、賦や比を聴いてみたいな」と言いながら、屈原が空を仰いだ。郢の青空に澄んだ大気がどこまでも広がっている。その心地よさが屈原の思いを優しく包み込む。

――強く思い続ければ、きっといつか叶えられるだろう。

屈原は未来に希望を委ねた。

二

未知の文化と言葉の出会いが若い屈原を変えた。郢から屈邑へ戻った屈原の顔が、少しだけ大人びて見える。郢における巫風との鮮烈な邂逅が、屈原の心に激しい炎を灯らせたのである。

興を学びたいと思う気持ちが、屈原の胸の中で日毎に大きくなっていく。しかも、ただ学ぶだけでは、もの足りない気がした。

――自分も興を創作してみたい。

屈原は強く考えるようになっていた。

それにはもっと興の内容やその技法を学ぶ必要があった。ただ、屈原が興を学ぶことが、屈家の中で果たして許されるのか。屈原はそのことを悩んでいた。そこには屈家の当主としての、大きな問題が介在していた。

屈氏は楚の武王の公子であった屈瑕《くつか》が莫敖《ばくごう》に任じられ、屈邑に封じられた時から始まったといわれている。莫敖とは令尹《れいいん》（宰相）に次ぐ高官であり、武官の最高官職であった。その莫敖を屈瑕以来、代々の屈氏が継承し、楚の軍事部門を統括してきた。のちに莫敖が大将軍という名の官職に変わった時も、屈氏がそれを受け継いでいる。屈原がまだ幼児の頃に亡くなった父親の伯庸《はくよう》も莫敖だった。現在の莫敖は屈原の叔父で、懐王の信頼が極めて厚い屈匄《くつかい》である。

屈原は自分の将来について、自分も父と同じように武官になり、ゆくゆくは莫敖となって、楚の国を守らなくてはならないと思っていた。しかし、巫風と出会い、その思いが大きく揺らいだ。いや、揺らぐだけではなかった。屈原は巫風を研究し、それを創作してみたいとまで、思うようになっていた。

それは、楚の国において武官ではなく、文官を目指すことになる。屈氏の武官としての由緒正しき系譜が、屈原によって歪められることになるのだ。そのことは屈氏全体にとって大きな問題であった。果たして、屈原の考えは屈家の一族において、許されることなのだろうか。

考えあぐねた屈原は汪立に相談してみようと思った。汪立なら自分の考えを、頭ごなしに否定することはないだろう。逆に、何かよい知恵を出してくれるかも知れない。そう考え、屈原は汪立を呼んだ。

すぐに屋敷の奥から汪立が姿を見せ、「お呼びでしょうか」と尋ねた。

屈原が自分の苦悩を口にする。

「汪立、私は巫風を研究し、自分でも創りたいと思っている。できれば、北方でうたわれている賦や比なども学びたい。だが、屈氏の当主として、それは許される行為なのか。そのことに激しく思い悩んでいる」

汪立は何も答えず、黙って屈原の話を聞いていた。実は兼ねてから、汪立は屈原が武官には向いていないと思っていた。それは、屈原の心根があまりにも清らかで、素直過ぎたからである。巨大な秦や隣国などと闘うためには、卑怯と思えるような謀略や策略などが不可欠であった。また、実際の戦闘においては、敵を騙すことで勝利していく必要もある。そうした行動が強く求められる武官には、屈原は性格的に向いていなかった。

そのことを汪立はずっと以前から危惧していた。ただ、屈原自身が武官を目指すのならば、自分が影になり、日向になり、それを支えようと思っていた。しかし、いま屈原自らが文官の道を進みたいと言った。それは汪立にとって、願ってもない好機であった。

「公子《こうし》（屈原）、莫敖の屈匄様にご相談なさったら如何でしょうか。公子が屈氏の武官を継がなくても、その道を屈匄様のご一族が引き継いでいただければ、公子は文官としての道を切り拓くことができましょう」

汪立のこの助言で、屈原の愁眉《しゅうび》が開かれた。確かに、叔父の屈匄が納得し、屈匄の一族が武官を担っていけば、自分は文官を目指すことができる。

「さすが、汪立。それはよい案だ。すぐに、叔父上に相談してみよう。汪立、お前も同行してくれるな」

「はい、喜んでお供いたします」

汪立の返事を聞いて、屈原は勢いよく立ち上がると、汪立と共に部屋を出た。

三

この時代の楚は、周辺諸国から〝蛮勇の国〟として恐れられた。しかし、武力こそ優れているが、その文化度は極めて低い国だと思われていた。野蛮で文化のない国と揶揄されていたのである。事実、楚の国には、周辺諸国の名士と対等に話せる家臣や文化人などがいなかった。そのことを懐王は、内心では忸怩《じくじ》たる思いで耐え忍んでいた。

莫敖の屈匄は常に懐王の側に控え、その苦慮している姿をずっと見てきた。屈原が屈匄に対して、「文官の道を歩みたい」と言った時、これは懐王の苦悩を解決するための、一つの打開策になるのではないか、と考えた。

「原よ、お前の心はよくわかった。だが、魯の孔子ほどの優れた人物であっても、十五歳で学問の道を志し、三十歳で独り立ちするまで、十五年間もかかっている。学問の道とはそれほど険しく、長い時を要するものだ。お前にその覚悟はあるのか」

屈匄が屈原に厳しく問い質した。

「覚悟はできております」

屈原はそう答えると、まっすぐに屈匄の眼を見た。よい眼をしている、と屈匄は思った。それから、汪立の方を向いて、「汪立はどう思っているのだ」と聞いた。

「とてもよいご判断だと思っております。公子は、いま十五歳になられたばかりです。学問の道を志すには、最適の時期だと存じます」

汪立がそう答え、屈原の思いを強く後押しした。

それを聞いた屈匄は何度も頷き、「屈家における武の道は心配いらぬ。私のあとを息子の信に継がせ、さらにはその子らへと、永久に楚の護りを受け継がせよう。一族の主立った者へは、私の口から説得しておく。その代わり原、必ずや楚に文化の花を咲かせ、他国から揶揄されることのない国にするのだぞ」と言った。

「かしこまりました、叔父上。私の我が儘をお聞きいただきまして、ありがとうございます」

屈原は屈匄に礼を言いながら、溢れでる喜びを隠すことができなかった。若い屈原にとって、自分の未来が光り輝いているように感じた。そのことの嬉しさで、屈原の胸が大きく膨らんだ。

四

館に戻った屈原は、屈匄の賛同を得て安堵していた。だが、すぐに次の不安に襲われた。それは、誰に興や巫風を学べばよいのか、ということだった。

たとえば、魯の国へ行けば孔子の高弟がいる。その弟子になり、儒を学ぶことも考えられた。しかし、屈原が学びたかったのは興であり、その興を用いた巫風であった。それを学ぶには、楚にいて勉学に励むしかなかった。だが、師がいない。いないどころか、心当たりの人物さえ思いつかない。

屈原にとって、困った時は汪立であった。いつものように屈原が汪立を呼んだ。時を置かず現れた汪立に、屈原は自分の不安を口にした。

「興や巫風を学びたいが、どのようにして学べばよいのか、その方法がまったくわからない。師となる人物にも心当たりがない。汪立、何かよい手立てはないか？」

そう屈原に聞かれた汪立は、考えを巡らせた。

確かに楚では巫風が盛んであったが、それを束ねる組織は存在していなかった。しかも、うたわれていた興は民間伝承として伝播されていたため、学問として体系立てられていない。北方では、多くの韻文が『詩経《しきょう》』に編纂され始めていたが、楚にはまだその片鱗さえ伝わっていなかった。

「市井《しせい》でうたわれている興や王宮に伝わる興などを、まずは集めてみたらいかがでしょうか。見比べ、聞き比べてみることが、大切かと思います」と汪立が答えた。

「なるほど、それはよい考えだ。だが、どうやって集めるのだ」

「家人に命じて、市井で興をうたっている巫や覡を屋敷へ呼び、その内容を筆写します。それは私が行いましょう」

「王宮に伝わる興はどうする？」

楚においては、市井でうたわれている興以外にも、宮廷儀式で用いられていた多くの興が存在していた。

「それは、屈匄様にお願いして、その木簡や竹簡などを集めましょう」

この時代にはまだ紙がなかった。ほとんどの興は、木や竹を削った木簡や竹簡に墨で書かれている。紙の誕生は、紀元一〇五年（後漢時代）の蔡侯紙《さいこうし》まで待たなくてはならなかった。

「私は何をすればよい？」と屈原が汪立に聞いた。

「公子には祝詞《のりと》を集めていただきます」

「祝詞とは？」

「医療用の呪術に用いる興のことです」

この頃、医術は存在していなかった。祝、あるいは巫祝《ふしゅく》と呼ばれる呪術師が、人々の病を治療していた。その巫祝が治療に用いたのが、祝詞と呼ばれる興である。祝詞をあげることで、疾病が治ると信じられていた。

医術が生まれたのは、これからおよそ三十年後のことである。扁鵲《へんじゃく》という伝説的な医者が出現し、医術と呪術とを分離させた。扁鵲がどこの国の生まれで、何歳なのか、それに関しては諸説があり、はっきりとしていない。逸話も多く、伝説的な人物となっていた。

史書によると、扁鵲は〝六不治《ろくふち》〟という画期的な医術の概念を提唱する。不治とは病気が治らない原因のことを指す。扁鵲はこの不治の原因を六つに分け、その六つを治癒するための、具体的な治療法を確立した。その治療法の中心を為していたのが、漢方薬などによる薬物療法と鍼灸《しんきゅう》による治療である。こうして、治療から呪術を切り離すことによって、医術が浸透するようになる。だが、いまはそれ以前の呪術による治療の全盛期であった。

「医療に携わる祝ならば、私に丁度よい知り合いがいる。では、私はそこから始めるとしよう。ところで汪立、北方に伝わる賦や比などの韻文はいかがいたす」

屈原が汪立を見た。それらは屈原にとって最も知りたい韻文の一つであった。

「北方の韻文は儒家によって、『詩経』に纏められている最中と聞き及んでいます」

「北方では、すでに韻文が整理されつつあるのか……」

屈原は楚と北方との文化の進み具合の違いに驚いた。

「儒家に関しては、私に心当たりがございます。それは、私が手配いたします」と汪立が答え、笑顔を見せた。

——やはり、楚は文化的に遅れているな。

屈原はしみじみと感じた。同時に、汪立は頼りになると思い、かすかに微笑んだ。

「ただ公子、集めたものを比べ、そこから何かを感じ、新しいものを生み出すのは公子お一人の力です。そのことをお忘れなきように」と汪立が釘を刺した。

汪立の言葉に屈原が大きく頷いた。

屈原にとって、すべてを自分の力で学ばなければならなかった。だが、それは可能だと若い屈原は思った。強い意志と情熱があれば、すべてが達成できる。屈原はそう強く思い込んでいた。

第二章　研鑽《けんさん》

一

屈邑《くつゆう》の冬は暖かい。街は常緑樹の樟《くすのき》や粗樫《あらかし》などの緑に覆われて美しく、夜でも気温は穏やかなため、屈原《くつげん》の勉学は捗った。

屈家の書房が知識の宝庫と化している。古から伝わる作者不明の祝詞《のりと》や興《きょう》、そして、歌謡の断片などが書かれた木簡や竹簡が山と積まれていた。前にも述べたが、この時代、まだ紙が存在していない。宮廷用の貴重な興は木や竹を削った木簡、竹簡などに墨で書かれて保存されていた。しかし、ほとんどの興は歌謡としてうたわれ、口伝で伝承されている。そのため、汪立《おうりつ》は興をうたえる巫《ふ》や覡《げき》を屋敷に直接呼び、家人と交代でそれらを絹帛《けんぱく》に書き写した。

絹帛とは絹で織られた布のことである。それに書かれた文字を帛書という。王の公族であった屈原だからこそ、この高価な絹帛を何不自由なく使うことができた。書房にはこうして集めた楚《そ》の興だけでなく、汪立が入手した江北地方の貴重な賦《ふ》や比《ひ》などの絹帛も、所々に見られた。

屈原は寝る間も惜しんで、それらを読み漁った。そして、新しい知識に出会うたび、屈原一人の胸に留めてはおけなかった。屈原はそれを汪立に伝えずにはいられなかったのだ。

「汪立、汪立」と書房でたびたび、屈原が汪立を呼んだ。

するといつも汪立がすぐに現れた。おそらく汪立は、屈原からいつ呼ばれてもいいように、常に近くで控えていたのであろう。

「お呼びでしょうか」

「今回は、巫という文字の成り立ちに関して、興味深いことがわかった」

興奮を抑え切れない屈原の顔が、赤く火照っている。

「どのような成り立ちでしょうか?」と冷静に汪立が聞いた。

「巫という文字は、上下に二本の横線が引かれているだろう。その一番上に引かれている横線が天界を指していて、下の横線が地界を表している。その二本の横線を繋ぐように引かれた、中央の縦線が、その天界と地界との往来を象徴しているのだ」

「なるほど、巫風《ふふう》の慣習そのものを表しているわけですね」

「そうだ。それで、私が最も感動したのは、巫の文字の左右に書かれている人という文字だ。これは踊りや歌謡をうたう人々を表している。つまり、巫風が生まれた時から、歌と踊りが不可欠であったということになる」

「遥か古代から、巫風には楽曲が不可欠だったのですね」と汪立が眼を見開いて、大きく感嘆した。

巫風の歴史は極めて古い。屈原の誕生から遡ることおよそ一千年前、中国最古の王朝であった夏《か》がその起源といわれている。

夏で生まれた巫風は、夏を倒した次の殷《いん》王朝に引き継がれ、盛況期を迎える。その殷を倒した現在の周王朝は、黄河流域の地域に巫風を広め、賦や比などの歌謡が生まれた。こうして北方で生まれた歌謡は、周や諸国の起源・建国などをうたう叙事詩、あるいは諸国の民間歌謡や神への賛歌と交流歌などとして浸透していった。そのいずれにも、情熱や悲しみなどの喜怒哀楽がうたわれている。

その中でも、男女の恋愛をうたったものが北方の歌謡では極めて多かった。それに対して、楚でうたわれていた南方の歌謡は微妙に異なっている。

「汪立、北方の歌謡と比べると、楚の歌謡は少し違っている気がする」

「どのように違うのですか？」

「楚の歌謡には神々と人との交流や交信をうたったものが多い。人の口を通して、神々の言葉を伝える歌が中心となっている。どうしてなのかな？」

「不思議ですね」

汪立はそう答えたが、その理由に心当たりがあった。

楚の王政は昔から庶民にとって、あまりにも過酷だった。そのため、楚の人々は平穏な暮らしを、神々に祈らざるを得なかった。あるいは、暮らしの恨みを神々の口を借りて、吐きだすしかなかった。

楚の人々の暮らしが過酷な背景には、楚の政治が公と三閭《さんりょ》と呼ばれる、公の親族らによって、独占されていたことが影響している。楚の公族や一族には、庶民らを思いやる為政者が少なかった。また、公族や一族以外の、ほかの人々の知恵を用いることもなかった。そのため国政が偏り、それが原因で人々の暮らしが酷いものになっていた。公が王に変わっても、その傾向は改まることがなかった。

汪立が仕える屈氏はその三閭の筆頭である。楚の歌謡に神々の声が多い本当の理由を、汪立は屈原に対してすべてを語るわけにはいかなかった。それは自分が仕える屈氏への批判に繋がるからだ。

「それともう一つ……」と屈原が口を開いた。

「もう一つ、何でしょうか？」

「楚の歌謡には風刺の歌が思ったよりも多い」

屈原は興を集めてみて、風刺の歌が多いことに気づいた。

たとえば『碩鼠《せきそ》』という興がある。碩には大きくて、優れているという意味がある。だが、その意味の裏側には、大きくて酷いという隠された意味もあった。それらを合わせ考えれば、『碩鼠』とは大きくて酷い鼠ということになる。そのうたい始めは次のようになっていた。

碩鼠

碩鼠

私の家の黍《きび》を食べるな

三年間
お前の好きにさせたが
お前は私のことを顧みない

碩鼠に対して、家の大事な穀物を食べるな、とうたっている。その碩鼠という語句に注目すれば、歌の真意が変わってくる。碩鼠は大きくて強い権力を比喩しているに違いない。この興は人々に重い税金をかけるな、と権力者を暗に非難しているのだ。そして、その願いが叶わないのであれば、農民や庶民にも覚悟があることを、歌謡で示唆している。それが、次の部分である。

それならば
私はお前と別れ
あの楽園の田舎へ行こう

楽園の田舎
楽園の田舎
そこで私は幸せを得る

もし、権力者がその態度を改めないのであれば、土地を捨てて、国をも捨てるとうたっているのだ。この『碩鼠』という歌は、逃散《ちょうさん》の覚悟を秘めた、激しい抵抗の興であった。

こうした風刺の興が多い理由に関しても、先ほど同様、汪立は屈原にその本当の理由を語るわけにはいかなかった。人々にそううたわせているのが、楚の公や三閭であったからだ。ただ、いつの日か、屈原が執政者の一人になることで、こうした風刺の興が減ることを、汪立は秘かに願っていた。

ふいに、屈原が鋭い質問を口にした。

「汪立、楚の農民の暮らしは、それほど苦しいものなのか?」

束の間、汪立は返事に窮した。

汪立は黙って頷き、「いまの時代、農民の暮らしは決して楽ではありません。私腹を肥やすため、農民に過大な税を課す領主も多いと聞きます」と答えた。

「屈邑でもそうなのか？」

「いいえ、屈邑では伯庸《はくよう》様がそうしたことを、お許しになりませんでした。その正道を、いまは屈匄《くつかい》様が引き継いでおられます。ですから、屈邑では過大な税の搾取は行われていません」

屈原の父である伯庸は、正道を歩む潔白な莫敖《ばくごう》として、国中に知られていた。

「そうか」と屈原が言い、安堵の表情を見せた。

「公子《こうし》が加冠《かかん》した後は、屈邑の政道は屈匄様から公子の手に移ります。そのことをお忘れなきように」

そう言って、汪立が深々と頭を下げた。

汪立の言葉で、屈原は自分の置かれている立場に改めて気づいた。自分は興の研究や創作だけで終わってはならないのだ。自分には執政者として、屈邑の人々、さらには楚の人々を繁栄と安寧《あんねい》に導く責任があった。そのことを忘れてはならなかった。屈原は改めて、自分の置かれている立場や民から何を求められているのか、それらに関して、深く自分の胸の中に刻み込んだ。

二

独学は二年間に及び、屈原は十七歳となった。その間に、楚で流布されていた数多くの興が、屈原のもとへ集まってきた。おそらく、楚の宮廷の書架よりも多くの興が屈原のもとへ集まっていただろう。

積みあげられた膨大な興を前に、屈原はある思いに駆られる。これらの興やうたわれている歌謡の世界を、後世にまで遺す必要があると屈原は思った。たとえ、短い興であっても、それは楚にとって貴重な文化の欠片であった。それが失われることは、楚の文化的財産の損失でもある。

ただ、これらの興には表現技法こそ異なっているが、実際には表現したい内容が類似しているものが、極めて多く存在していた。語りたい世界の内容が重複しているのだ。

こうした興をどのようにして残したらよいのか。そのことに屈原は頭を悩ませていた。何かよい方法がないかと考え抜いた結果、屈原はこれらの興を体系立てて編纂し直し、一つの歌謡集に纏めることが必要だと気づいた。

そこで、実際に多くの興を分類し、同じ世界のものを纏めて書き写してみると、体裁も文字の長さも異なっており、統一感にははなはだしく欠けていた。これでは何がうたわれていたのか、後世に遺すことが難しいだろう。そうかといって、このまま放置しておけば、いずれすべてが散逸してしまい、その世界が消滅してしまうに違いない。

——どうすればよいのだろうか。

屈原は考えを巡らせた。

その時、書房に汪立が顔を出した。

「公子、ご勉学は捗っておられますか？」

「汪立か、よいところに来た。少し話したいことがある」

「何でしょうか？」

「民間で流布されている、数多くの興の世界を体系立てて、一つの大きな世界として遺したいと思っている」

「それは大変よいお考えです」と汪立が屈原の考えに賛同した。

「ただ、困ったことがある。楚でうたわれている興の体裁がバラバラなのだ。これを何とかしなくてはならないが、まだ考えが纏まらない。何かよい策はないだろうか？」

「興を体系立てて遺すためには、まず体裁を整えることが重要ではないでしょうか」と汪立が答えた。

「私もそう思っている。だが、それぞれの興の行や分量がまちまちで、一つに纏まらないのだ」

「それならば、北方の賦や比などと同じように、〝四言一句〟を用いたら、いかがでしょうか」

「そうか、四言一句か……」と屈原が呟いた。

四言一句とは、一つの句を四言で書き、それを続けることで韻文全体を創作する手法である。

「はい。北方ではほとんどの賦や比が四言一句で書かれていた。

「はい。そうすれば、興の世界を纏めるだけでなく、南方の韻文と北方の韻文との比較も、容易にできると思います」

「なるほど」と屈原が頷いた。

汪立の提案は悪くなかった。四言一句ならば、書きやすく、覚えやすい。しかも、うたいやすかった。きっと、後世にまで遺すことができるだろう。屈原は汪立の提案がよい方法だと思った。

「汪立、よい知恵を分けてもらった。早速、それを試してみようと思う。いまある興を分類し、全体を改めて四言一句の作品に書き直して、編纂してみよう」

屈原が嬉しそうに答えた。

汪立の示唆が屈原の創作意欲をさらに高めた。

——四言一句……これで表現形態は決まった。

残る課題はその構成方法であった。色々と試行錯誤を繰り返した結果、編年体にすることが最もわかりやすいと気づいた。

数多くの興を、宇宙の開闢から始まり、天地の成り立ち、現在の有様などを、時間軸を基に書き直してみるのだ。それならば、夏や殷、周などの歴代王朝の歴史や人々の暮らしなども取り込むことができる。それらを誰もが理解しやすく、うたいやすい内容にする。

では、そのためにはどのような表現内容にするのか、それが次の課題だった。

屈原にとって、興を体系立てるための問題が尽きることはなかった。幾日も幾晩も、屈原はその答えを探し続けた。

そして、考えることに疲れ果てたある日、ふと、屈原は思いついた。

——問答形式にしてみたらどうだろうか。

問答形式ならば、人々の興味も惹きやすい。しかも、二人で交互にうたうことが可能で、歌謡としても極めてうたいやすかった。

構成や表現内容などが決まると、屈原の頭の中で次々と表現物が生まれた。書きたいことが湧き出る雲のように浮かび、現れては消えていく。次第に自分が書きたいものの言葉が明らかになった。

――創作とはこれほどまでに楽しいものなのか。

屈原は表現することの魅力へ引き込まれていった。あとは、実際に文字として書くだけだった。筆を手にした屈原が、最初の四言一句を絹帛に書いた。その文字は非常に美しく、屈原は驚くほど達筆だった。

屈原が最初に記した四言一句。それは天地に関しての問いであった。

いわく　天地の初めを
誰がこれを伝えたのか
天地がいまだ形のない時
何によってこれを考えたのか

夜も昼も暗い時
誰がこれを分けたのか
靄々《あいあい》の中から事象が現れた時
何をもってこれを識別したのか

屈原が次々と問いを投げかけ、それを文字に変えていった。そして、天地に関する問いとその答えをすべて書き終わると、次は、古の治水に関する疑問を記した。

鯀《こん》には洪水を治める才能がない
それなのになぜ鯀を推挙したのか
皆が心配ないと言ったが
なぜ試さずに派遣したのか

これは兼ねてから、屈原が鯀の治水神話に抱いていた疑問であった。堯《ぎょう》が国を治めていた時、黄河の氾濫が治まらず、民は非常に疲弊していた。堯は治水のために誰かを派遣しようと考えた。その時、多くの臣下が鯀を派遣するべきだと進言した。堯は鯀を用いることに反対であったが、国に鯀を超える賢者がいなかった。そこで、堯は鯀を黄河へ派遣した。ところが、九年を経過しても鯀は治水できず、被害は前よりも大きくなってしまった。堯は怒り、鯀を国から追放する。その道中、鯀は羽山で誅殺されてしまう。その後、鯀は大罪を為した悪神として数えられ、四罪の一人とされた。

この神話に対して、屈原は鯀に治水の能力がなければ、それを推挙した臣下たちにも罪があり、鯀の能力を試さずに用いた堯にも、責任の一端があると考えていた。この頃から屈原には、本当の正義とは何か、真の忠義とは何か、それらを冷静に見つめる心が息づいていた。

鯀の治水神話に続き、屈原は地上に現れた怪異に関して問いを発した。この時、屈原の脳裏には、『山海経《せんがいきょう》』に記された数々の怪異や妖怪のことが浮かんでいた。それらの事象に対して、どこにそれが本当に存在しているのか、あるいはその答えを既存の興を元にして、問い直した。やがて、屈原の問いは有史の時代へと入っていく。

――夏王朝の歴史や故事は必ず問い直さなければならないだろう。それに殷王朝や周王朝の伝聞も纏めたい。ああ、そうだ。虞や夏、殷など三王朝における婦人の在り方に関しても触れなければ……。

次から次へ表現したい内容が湧き出てきて、その終わりが見えなかった。

――周王朝はどうして衰退したのだろうか。そのことも記す必要がある。

そう屈原は考え、その問いと答えを四言一句の興として書いていく。勿論、これらの元となる興は過去にも多数存在していた。それらを土台にして、いま初めて屈原が纏めているのだ。

最後に楚の歴史も残す必要があるだろうと屈原は思い、次のように記した。

楚公が過ちを悟って改めれば
私としては何も言うことがない

かつて　呉と楚が争い
ようやく勝つことができた

楚の人々のため、無益な戦争は避けなくてはならない。屈原はその思いを過去の出来事を例にとり、言葉にした。

こうして、屈原の初めての興である『天問《てんもん》』が完成した。それは三百七十六句、千五百五文字に及ぶ大作となった。書き終わって、改めてそれを読み返すと、屈原は自分が創作した『天問』に何かが足らないと強く感じた。

——これだけ言葉を尽くしたのに、何が足らないのだろうか。

暫くの間、屈原は思い悩んだ。だが、何が足らないのか、いくら考えてもその結論に至らない。しかし、確かに何かが足らないように感じていた。

——どうしてなのだろうか。

屈原は自分に詰問した。しかし、その答えが見つからない。屈原は幾度となく、自分の書いた『天問』を読み返してみた。内容、構成、句の韻など、すべてが満足のいくものであった。それでも何かが不足しているように思え、その答えを導きだせなかった。

困った時は汪立である。屈原は聞いてみようと思った。

屈原が呼ぶと、いつものように汪立が書房へすぐに現れた。

「汪立、『天問』が擱筆《かくひつ》した。読んでみてくれないか」と言って、屈原が絹帛を汪立に手渡した。

汪立がその絹帛を両手で頭上へ持ちあげ、一度、拝礼してから読み始めた。汪立は読み進めるに従い、その胸に熱い感動が押し寄せてくる。『天問』には、若き屈原がこれから新しい興の時代を創りだそうとする気概と、楚の人々を思いやる優しさが満ち溢れていた。

読み終わって、思わず汪立が落涙《らくるい》した。

「どうだった?」

屈原が汪立の顔を覗き込んだ。

「ただ、ただ、恐れ入るだけです。よくぞ、ここまでお書きになられました」と汪立が答えながら、袖で涙を拭った。

「おかしなところはないか?」

「少しもございません」

「技法はどうだ?」

「繊細で、かつ緻密です」と汪立が褒め称えた。

屈原が浮かぬ顔で頷いた。実は聞くまでもなく、技法に関しては屈原も自信があった。

屈原の表情を見て、汪立は屈原が何か不満を感じていることを察した。

「何か、ご不満でも?」

「何かが足らない気がしてならないのだ」

「何が足らないとお考えで？」

「それがよくわからない。だから、汪立に読んでもらい、意見が聞きたかった」

屈原の返事を聞いて、汪立はもう一度、『天問』を読み直してみた。興としての問題はない。ただ、歌謡としてうたうには少しばかり長文だと感じた。ここまで長いと、人々はそう簡単にはうたえない。

「少し、長文のため、歌謡としてはうたいにくいと、思われたのではございませんか」と汪立が言った。

それを聞いた瞬間、屈原はあることを思い出した。

それは初めて巫風と邂逅した時のことである。最初に興を聴いた時、そこには屈原の心を激しく揺さぶる楽曲があった。太鼓のリズムが心地よく、歌声が心に刺さった。しかし、当然のことながら、屈原の書いた長文の『天問』は、それができにくかった。実際にうたって歩くには長過ぎたのである。

私の興はうたいにくいのだ、と屈原は思った。だが、うたいやすい長さに書けば、市井《しせい》に流布されているすべての興を纏めることはできない。

屈原は自分の興に足りないものが音楽性であることを悟った。

確かに文字で書かれた『天問』は、韻文として満足のいくものであった。だが、これほど長いとうたうことが極めて難しい。うたい継がれていくことで伝承される短文の興と、絹帛に書かれた長文の興は、その世界が本質的に異なっていた。

長文の興には音楽性が欠如してしまう。楽曲と共にうたえない興は巫風でない。屈原の長文の興には、巫風の最大の魅力が失われてしまっていた。

――その欠点を改めるためには、一体どうすればよいのだろうか。

屈原は新たに気づいた難問に頭を悩ませた。

巫や覡を屋敷に招き、『天問』を読んでもらい、実際にうたってもらう。そういう方法もあり得た。しかし、屈原が新たに創作した『天問』は、あまりにも長過ぎた。これを歌謡としてうたうのは難し過ぎる。たとえ、うたえたとしても、それを伝承していくことが難しかった。覚えきれないのだ。この問題は『天問』だけに限らず、長文として書かれた興の持つ、普遍的な課題のように思えた。

屈原は解決しなければならない新たな難題の出現に、その心が激しく乱れた。自分が望んだ道はあまりにも奥が深く、しかも霧の中の迷路のようなものだと感じた。だが、臆することなく、自分はこの道を進まなければならない。そして、この道を極める必要がある。それが三皇《さんこう》から与えられた、自分の天命だと屈原は感じていた。屈原の決意はどのような障害にも、決して揺らぐことがなかった。

三

一年近く、屈原は思い悩んでいた。

自分が創作した長編で、音楽性に欠ける興。それをどのように解決したらよいのだろうか。うたうことのできない興は、巫風で用いることはできなかった。

もともと興は、人々の間で自然発生的に生まれたものが多い。神々と人との交流の言葉が、音楽によって歌謡となり、うたい継がれてきた。そこに楽器による演奏と踊りが加わり、巫風となって人々を熱狂させた。しかし、屈原の書いた興は、それらとは根本的に異なっていた。巫風の興と同様の熱い情熱はあるが、文体や構成は理知的であり、そこには計算された作意が存在している。

屈原は自分が創作し、出現した新しい韻文の世界に少し戸惑っていた。最も理想的な形は、歌謡としてうたわなくても、読むだけで音楽が聞こえてくるような興を、書きあげることだった。屈原の書いた興は読むだけで音楽を感じるどころか、長過ぎて実際にうたうことさえできなかった。

だが、やがてそれが、韻文学の世界そのものを変えていくものになるとは、そのことに屈原はまだ気づいていなかった。いまの屈原は自分の作品を、どのようにしたら巫風の興に近づけられるのか。それに苦慮しているだけの存在だった。

屈原は一度、興の世界から離れてみようと思った。思い悩み、考え過ぎて、自分が近視眼的になっていると感じたからである。そこで、興以外の巫風に目をやってみた。楚やほかの諸国では巫風の一形態として、宗廟の祭祀に用いられる〝頌《しょう》〟というものが存在していた。屈原はそのことを思い出したのだ。

この頌は王族や公族の祭祀の際に特によくうたわれた。そのため、意図的に始祖の公徳やその子孫などを賛美している。さらに作意を以て、祭祀に列席する諸侯らを礼賛していた。それなのに頌は楽団によって演奏され、うたわれている。また、その楽曲に合わせて人々が舞う。

その意味で、頌の韻文や楽曲は巫風で用いる興の韻文に近く、その韻文内に込められた作意は『天問』に近い。

頌は、興と自分の書いた作品との中間に位置するものだと屈原は感じた。それならば、自分が頌を書いてみたらどうなるのだろうか。頌ならば、自分の韻文にも音楽性を感じさせることができるかも知れない。屈原はそう思った。

屈原は少し道が拓けたように感じた。新しい何かが生まれるような嬉しい予感を覚え、心が弾んだ。

——まずは書いてみよう。書かなければ何も始まらない。

屈原はそう思い、頌の創作を決意した。

この時、屈原が考えていた頌は、王家や公家などを称えるものではなかった。人間の素晴らしさ、清らかさを賛美するもの。人間賛歌の頌にしたいと考えていた。

心はいつも清廉で、しかも、それに相応しい外観を持つ人物。それが屈原にとって、理想とする人間の姿であった。人は絶えず清廉で、美しく生きなければならない。そのことを屈原は韻文で表現しようと考えた。屈原はこの哲学を生涯にわたって貫き通すことになる。

まず、擬人化の手法を用い、〝橘〟という木に人間の清廉さを象徴させようと思った。橘の木を用いて、人の在り方を問い、称賛できる人物像を描く。人間賛歌の頌を創作しようと考えた。
その内容から、作品の題名はすぐに定まった。『橘頌《きっしょう》』である。しかも、その哲学を形にするだけでなく、そこに音楽性も取り入れる。そのことが屈原にとって、極めて重要な課題だった。困難な命題を踏まえて、屈原が『橘頌』を四言一句で書き始めた。

后皇の植えた喜ばしい樹
橘がこの地に来て馴染む

天命を受けて他国に移らず
南国にだけ生ずる

樹は深く根づき移らない
志は一つで変わらない

内容的には何ら問題がなかった。だが、このまま書き進めていくと、やはり長文となり、すぐにうたうことはできなかった。宮殿で演奏されていた頌のような、陶酔感や躍動感が感じられる作品にはならない。

「これでは駄目だ」と屈原が大声で独白した。

たとえ、うたわなくても、演奏しなくても、読むだけで音楽性を感じる作品を創れないのか。自分にはそれほど才能が乏しいのか。屈原の体中に怒りが充満した。

思わずいままで書いた絹帛を破り捨てる。自分の才能のなさに、唇を強く噛みしめた。口中に鉄の味が広がる。

激情が屈原を襲う。

両手の拳を強く握り、机を激しく叩いた。部屋中に大きな音が鳴り響く。

その時、屈原の脳裏に雷鳴が閃いた。

――これだ、これが足りなかったのだ。足りなかったのは、この音だ。この太鼓を叩くような、人々の掛け声のような響きを句の中に取り込めばよいのだ。

実際の音読の際にはそれを読まないが、その音を心の中で叩き、韻文の調子を整える、音楽でいうところのリズムの役目を果たすような文字。あるいは歌謡の合いの手のような文字を書き込む。そうすることによって、韻文に音楽的な躍動感が生まれることに気づいたのである。

ついに、屈原は一つの解決策にたどり着いた。しかし、それにはどのような文字が相応しいのか。そこがまた悩ましかった。読まないけれど意味性を感じさせる文字。それは即ち、いまでいう〝助字〟という考え方であった。

助字は虚字ともいい、断定や詠嘆、時には疑問の意味を助ける役割を持っている。だが、屈原の生きていた時代、助字はまだ完成していなかった。それを生みだし、韻文に挿入して、初めて完成させたのが屈原自身だった。

屈原はどのような文字が音として相応しいのか、それを模索し続けた。

而、也、於、矣、何……。様々な漢字が候補に挙がったが、そのいずれにも満足がいかなかった。思い悩んだ末に、屈原は一つの漢字にたどり着いた。それが〝兮《けい》〟という文字であった。

屈原が兮に決めた最大の理由が、この漢字の発音が音楽的だったからである。韻文としての調子が整うだけでなく、兮が太鼓を叩くような音に聴こえた。現在、兮はケイとかゲイと発音する。だが、屈原の生きていた楚の時代にはハッとかゴン、あるいはハァイという音に近い発音が為されていた。さらに、兮には単語としての特別の言葉の意味がなかった。そのため、韻文内に用いても、その韻文全体の解釈に何ら影響を与えなかった。

兮を使用することに屈原は深く満足した。四言一句の中に声には出して読まないが、音楽に似た語調を整える助字の兮を書き込む。それはいままで誰もが思いつかなかった、画期的な発想だった。屈原のこの創意により、韻文の世界は飛躍的に進歩することになる。
屈原が先程、思わず破り捨てた『橘頌』の書き出しに、兮を適用させて再び書いてみた。

后皇の植えた喜ばしい樹
橘がこの地に来て馴染む〈兮〉
天命を受けて他国に移らず
南国にだけ生ずる〈兮〉
樹は深く根付き移らない
志はひとつで変わらない〈兮〉

屈原が偶数句の最後に兮を記入した。そして、句を詠んだ後に、兮の部分で拍手を一つしてみた。それが実に心地よかった。頭の中で拍子を取る音が鳴り響いた。それは初めて郢《えい》で興を聴いた時と同じ、太鼓のリズムに似ていた。

これこそが屈原の求めていたものだった。韻文の句を読み、兮の部分では、心の中で拍手する。そうすることで、欠けていた音楽性が韻文に付加された。

——これならば書ける。

屈原はそう強く思った。

すると、実際には音として聞こえない拍手に合わせるかのように、屈原の筆がどんどん進んだ。

年齢は若くとも
年上の師と仰ぐことはできる〈兮〉
その行いは聖人伯夷に匹敵する
橘を以て手本とする〈兮〉

屈原は兮を効果的に用い、橘の素晴らしさを書き綴り、自分も橘のように志が高く、いつまでも清廉潔白の人でありたいと記した。それらを書いている時、屈原の耳元では楽曲が絶えず鳴り響いていた。まるで、自分がうたっているかのような陶酔感を屈原は覚えた。

書き終わって改めて推敲すると、全体で三十六句となっている。『天問』のように長くはないが、やはりうたいにくい長さとなっていた。

さすがに、また書き過ぎてしまったか、と屈原は苦笑いを浮かべた。

だが、『天問』と異なり、これは読むだけで音楽を感じることができた。兮の使用で、全体にリズムが整い、歌謡としても成立していた。そのことが屈原の心を晴々とさせた。

屈原が誕生させた、兮を用いて記す韻文。これは、いままで存在していた興や頌、そして北方の賦、比などとは、完全に異なっていた。しかも、それは新しい巫風を生みだした。いや、新しい韻文の世界を創造するものだった。

この兮を用いて書き綴る韻文やできあがった作品を、屈原は〝辞《じ》〟と呼ぶことにした。これが歴史に名高い『楚辞《そじ》』の始まりとなる。やがて、この『楚辞』は北方で創られた『詩経《しきょう》』と並び、南方を象徴する韻文となった。そして、のちの漢代に入り、〝漢詩〟の大きな源流へと変わる。屈原がいなければ、漢詩は生まれなかったに違いない。

ついに、屈原が追い求めた韻文の辞が誕生した。
――このことを一刻も早く、汪立に伝えなくては……。
そう思い、屈原は大声で汪立の名を呼んだ。

第三章 百家

ひゃっか

一

屈原《くつげん》が生まれ、育ってきた環境は激動の時代だった。その背景には、政治状況や社会状況の変化が大きく影響を及ぼしていた。戦国時代の覇権争いが激しくなるに連れて、各国は生き延びるための戦略や施策、人々を支配するための思想などを求めるようになった。

こうした状況の変化を背景に花開いたのが、のちに〝諸子百家《しょしひゃっか》〟と呼ばれた、多数の思想家や遊説家たちであった。

諸子の〝子〟は師に対する尊称であり、百家の〝家〟とは学派を意味していた。最盛期には百八十九家があったといわれている。これらの諸子百家の思想は、理想国家論や理想的な政治思想から実用的な戦術論・技術論など、多岐にわたっている。いずれも、その思想の中心には、理想とする国家や人間の在り方を論じる哲学が脈々と流れていた。

その代表が儒家の孔子だろう。孔子は魯の国の人であり、氏《うじ》は孔、諱《いみな》は丘、字《あざな》は仲尼《ちゅうじ》である。孔子の〝子〟は先程も触れたが、孔丘に対する尊称である。日本的にいえば、〝孔先生〟ということになる。

孔子が求めた理想は、西周時代初期の身分制度や氏族共同体による治世であった。孔子はそれを「仁道《じんどう》政治」と呼んで、生涯をかけてその実現を追求した。その孔子にはおよそ三千人の弟子がいたといわれている。春秋時代には多くの高弟たちが活躍した。その中でも特に顔回《がんかい》や子路《しろ》などが有名である。

孔子の死後、儒家は八派閥に分かれた。中でも、性善説を唱えた孟子、性悪説を提唱した荀子《じゅんし》の二人は著名である。これらの弟子たちによって、孔子の死後四百年をかけて編纂されたのが『論語』であった。

この諸子百家の時代にあって、異彩を放っていたのが〝縦横家《じゅうおうか》〟である。縦横家だけは、ほかの諸子百家らと異なり、理想論を語らなかった。縦横家は理想を追い求めず、自らの栄達や知名の浸透だけを求めて、各国の間を遊説して回った。彼らは皆、実利を追求する現実主義者であった。

縦横家の祖は鬼谷《きこく》という人物である。その鬼谷が記した書物を『鬼谷子』という。縦横家の思想の基本は〝合従連衡《がっしょうれんこう》〟と呼ばれる、その外交政策にあった。合従連衡とは、二つの異なる外交戦略の総称である。それぞれを簡単に説明すると、次のようになっている。巨大な秦に対して、残りの六ヵ国が縦に同盟し、秦に対抗する策を〝合従策〟という。従は縦を意味していた。それに対して、秦と同盟して隣国を攻める策を〝連衡策〟という。衡とは横の意味で、秦と同盟すると地理的には東西に並ぶことから、そう呼ばれた。

注目すべきは、鬼谷の説く合従連衡が互いに矛盾し合う説でありながら、どちらが採用されても、縦横家にとってよかったという点である。そこには正解や正義は存在していなかった。理念よりも謀略の実施。それこそが縦横家の特筆される本質であった。合従連衡のどちらかが採用され、自分の利益になればよかったのである。

また、合従策を主張するのか、連衡策を主張するかは、その縦横家の個人的な欲望によって左右された。自分に利益を与えてくれるのならば、どちらでもよかったのだ。その結果、縦横家同士で自説の正しさを相争う、という現象が諸国でよく見られた。

歴史は皮肉と破滅を好む。そのため、縦横家が歴史の混乱と英傑を誕生させるための原動力となった。それが顕著に現れたのが、この戦国時代といえる。やがて、鬼谷の弟子に時代を震撼させる二人の傑物が出現する。

その二人こそが蘇秦《そしん》と張儀《ちょうぎ》であった。その結果、戦国時代の歴史が蘇秦と張儀、そして、天才文学者の屈原。この三人を中心にして、いままさに回ろうとしていた。

二

歴史の表舞台へ最初に登場したのが蘇秦である。

蘇秦は東周の都である洛邑《らくゆう》で生まれた。張儀と共に鬼谷に学び、その後、数年にわたって諸国を回遊する。そこで得た知識と交渉術を駆使して、初め秦の恵文公に仕えようとした。

蘇秦は恵文公に連衡策を説く。だが、恵文公はそれを明確に拒否し、蘇秦は失意のうちに秦を後にした。この時、蘇秦の胸中に、秦への激しい憎悪の思いが芽生える。自分が秦に受け入れられなかったことが、よほど悔しかったのであろう。

——ならば、この次は必ず合従策を実現し、秦を苦しめてやる。

蘇秦はそう思い、秦への憎しみの中で、その実現を固く誓った。

疲れ果てた蘇秦は亡霊のようになって、故郷の洛邑へ戻った。その時の蘇秦は顔色も悪く、身なりも窶《やつ》れていた。蘇秦の零落《れいらく》した姿を見た妻は、乗っていた織機から降りることもせず、嫂《あによめ》は蘇秦のために飯を炊いてくれなかった。それだけではない。父母は蘇秦と会うことを避け、親戚中から「蘇秦は農耕や商工のような確かな道を歩まず、口先だけで生きていこうとして、激しく落ちぶれた愚か者だ」と非難された。

——ああ、人は落ちぶれたくないものだ。

嘆息した蘇秦は部屋に籠り、『陰符経《いんぷきょう》』といわれる兵法書を読み続けた。この『陰符経』は『黄帝《こうてい》陰符経』と呼ばれることもあり、黄帝が創ったという伝承がある。しかし、その内容は現代に伝わっておらず、いまではまったくの謎の書物となっている。

蘇秦はこの『陰符経』を夜も寝ることなく学んだ。読んでいるうちに眠くなると、錐《きり》で自分の太腿《ふともも》を刺し、その痛みで眠気を追い払った。あまりにも激しく錐を刺したので、腿から流れ出た血が踵まで流れ落ちるほどだった。

蘇秦の研鑽《けんさん》は一年間に及び、ついに〝揣摩《しま》〟と呼ばれる読心術のような技法を身につけた。

蘇秦は、揣摩を用いれば必ず諸侯を説得できると考え、諸国の遊説へと再び旅立った。だが、そう簡単に蘇秦が諸侯に受け入れられることはなかった。それでも蘇秦は諦めず、北辺の国である燕へ向かった。

蘇秦は燕の文侯に会うと、燕の実状を具体的な数字でもって説明した。たとえば、燕の農業や牧畜がいかに国を豊かにしているのか。燕の兵力がどれだけ優れているのか。それらに関して数字を基に熱く語った。そして最後に、その燕でさえ、秦の圧力の前では安泰ではないことを指摘した。

「いま、燕が国を守られているのは、地理的な優位性に過ぎません。燕と秦との間に趙《ちょう》があるからです。もしも、趙が秦に滅ぼされれば、次に狙われるのは燕です」と蘇秦は言い、強い眼差しで文侯を見た。

その視線に頷いた文侯が、「ならば、燕はどうすればよい?」と蘇秦に聞いた。

蘇秦は文侯のその質問を待っていた。すぐに蘇秦は文侯に対して、ほかの六ヵ国が同盟すれば秦に対抗できること提案した。さらに、その同盟を実現するためには、まず燕が趙と同盟することが最も重要だと説得する。

「合従することです。六ヵ国が秦と対抗するため同盟することが最も重要です。それを実現するには、まず燕が趙と盟約を結ぶことです」

「それがほんとうに可能となるのなら、朕は喜んで盟約に加わる」と文侯が答え、蘇秦の考えを受け入れた。さらに、文侯は蘇秦に資金と親書を与え、趙を説得するように命じる。

蘇秦は文侯の親書を持って、急ぎ趙へと赴いた。

三

趙の粛侯《しゅくこう》に会った蘇秦は、まずこう切り出した。

「陛下、天下は秦によって収斂されようとしています。私はそのことを心から憂慮しております」

「朕もそれを危惧している。このままでは趙の行く末は危うい。蘇秦、何か妙手があるのか？」

「なくはないです」と蘇秦が思わせぶりな返事をした。

何故、ここで蘇秦は「あります」と即答しなかったのか。それは、返事を勿体ぶることで粛侯の注目を高め、自分の策の価値を上げようとしたのだ。これも揣摩で習い得た手管であった。

蘇秦の思惑は功を奏す。

「どのような手だ？」と粛侯が身を乗りだした。

そこで、蘇秦は両手の掌《てのひら》を叩きながら話し始めた。これも揣摩の手法の一つだった。話す言葉に拍子をつけたのである。そうすることで、蘇秦の言葉がいっそう力強く聞こえ、また聞いている人間の心を鼓舞する効果があった。

「いま、諸侯の兵力は秦の十倍もあります。諸侯がみんなで力を合わせ、秦に対抗すれば、秦は必ず破れることでしょう。陛下のために計略を立てるならば、六ヵ国が同盟して秦を退けることが最上策だと思います」

蘇秦の言葉を聞いた粛侯が愁眉《しゅうび》を開いた。

「それはよい策だ。蘇秦、その策をほかの国の侯たちへ説得して回れ。そのための資金は朕が出す」

「かしこまりました」

蘇秦が深く頭を下げた。

粛侯は直ぐさま諸侯への親書をしたためると、蘇秦に資金を与え、諸国との同盟へ向かわせた。

蘇秦にとって、この同盟は自らの浮沈を賭けた大勝負であった。蘇秦は諸侯の間を必死で説いて回る。その時、蘇秦が口にした言葉が、あの有名な〝鶏口牛後《けいこうぎゅうご》〟（寧ろ鶏口と為るも、牛後と為る無かれ）という名言であった。

鶏口とは鶏の嘴のように小さい頭のことである。牛後とは牛の尻に隠れることを意味していた。蘇秦は、大きくて強い勢力の臣下になるよりも、小さくても独立した国の公侯になれ、と説いたのである。この言葉が諸侯の心を強く動かした。

紀元前三三二年、六ヵ国の同盟が成立する。この時、屈原はまだ八歳であった。周辺諸国の動向にそれほど強い関心を持っていなかったし、巫風《ふふう》とも出会っていなかった。

合従を成功させた蘇秦は六ヵ国の宰相を兼任することになる。その後、およそ十五年間、秦はこの合従策のために、六ヵ国を本格的に侵略することができなかった。それだけ蘇秦が提唱した合従策は強力であった。

蘇秦が合従を成功させたこの時期が、蘇秦の人生にとっての絶頂期だった。合従を成し遂げた蘇秦は故国である東周の洛邑へ向かった。周辺の諸侯は蘇秦の一行に使者を立ててもてなし、蘇秦の一行はまるで王侯の行列のようだった。

その華やかな行列が蘇秦の故郷に差しかかった。それを聞いた東周王は道を掃き清めて蘇秦を出迎える。いままで蘇秦を愚弄してきた蘇秦の家族や親族は皆、道に這いつくばり、顔を上げることができないでいた。それを見た蘇秦が笑みを浮かべて嫂に聞いた。

「姉上、いつもはあんなに威張っていたのに、今日はいったいどうしたのですか?」

「あなた様の位がこんなにも高くなられて、しかも大金持ちになられたので、私は頭を上げられません」と嫂が低頭したまま答えた。

それを聞いた蘇秦が大きく嘆息をした。

——自分が富貴になれば親戚でさえこれほど恐懼する。それなのに、自分が貧しければ、父母も自分を相手にしてくれない。勿論、親戚は自分を軽んじる。これが他人だったら、なおさらそうに違いない。もしあの時、自分に少しの土地があったならば、きっと努力をせず、いまのように六ヵ国の宰相の印を持つことができなかっただろう。

蘇秦は心からそう思った。それから蘇秦は家人に命じて、親族や友人たちに多額の金銭を与えた。

この逸話から、のちに「貧窮《ひんきゅう》なれば則ち父母も子とせず。富貴なれば則ち親戚《しんせき》畏懼《いく》す」という言葉が生まれた。

しかし、蘇秦の口先から生まれた栄華は、そう長くは続かない。燕に戻った蘇秦は、彼への敵対者によってその立場が危うくなった。襲われることを恐れた蘇秦は慌てて斉《せい》へ逃げた。縦横家にとって口先だけでなく、逃げ足の速いことも重要な資質であった。

斉に逃げ込んだ蘇秦は斉の閔王《びんおう》（湣王とも）に重用される。だが、それがいけなかった。湣王の蘇秦に対する寵愛に斉の重臣が嫉妬した。蘇秦はその重臣が手配した暗殺者に襲われ、瀕死の重体となってしまう。

死にかけている蘇秦の病床に湣王が見舞いに来た。蘇秦は最後の力を振り絞って哀願する。

「私が死にましたら、市場で私の体を車裂きの刑に処し、見せしめにしてください」

車裂きの刑とは罪人の四肢に馬車を繋いで、一気に引き裂く処刑である。

「朕は汝にそのような酷いことをできぬ」と言い、湣王が顔を曇らせた。

「いいえ、それでよいのです。それから、蘇秦は燕のために斉で謀反を企てた罪で処刑した、と布告してください。そうすれば、私を襲った賊は褒賞ほしさに必ず出てくるでしょう」

そう言い終えた蘇秦が息を絶えた。

湣王は蘇秦の遺言通り、その遺体を刑に処し、その旨を布告した。すると、褒賞ほしさに賊が役所へ名乗りでた。湣王はその賊を捕えさせ、すぐにその頸《くび》を刎《は》ねる。ところが、蘇秦の暗殺には、本当は秦の密命を受けた張儀の謀略が隠れていた。実は同じ縦横家でありながら、蘇秦の最大のライバルでもあった張儀が、密かに暗躍していたのである。そのことを湣王は勿論、蘇秦さえも気づいていなかった。

蘇秦が亡くなったのは紀元前三一七年のことである。その死は縦横家らしい最期といえた。蘇秦に限らず、人を口先だけで騙し、謀略を以て出世していく縦横家には皆、幸せな最期が訪れなかった。

四

縦横家の祖であった鬼谷には蘇秦と並んで、もう一人の優れた高弟がいた。それが張儀である。歳は蘇秦の方が上であったが、学問は張儀の方が蘇秦よりも遥かに優れていた。そのことは、蘇秦も張儀も互いに自覚している。

蘇秦は心密かに若い張儀に対して劣等感を感じ、張儀は蘇秦に対して優越感を抱いた。しかし、歴史は皮肉なものである。最初に世に出たのは蘇秦の方だった。蘇秦の目覚ましい活躍に、張儀の自尊心が大きく傷つけられた。

――蘇秦には絶対負けられない。蘇秦以上の功績を自分は挙げなくてはならない。張儀はそう思い、その心は絶えず焦っていた。

張儀は魏の生まれで、すでに妻帯している。その生活は非常に慎ましく、決して裕福ではなかった。日々の糧にも困るような暮らしであった。貧困の中で喘いでいたといえる。

張儀は自分を登用してくれる国を求めて、戦国七雄の国々の間を幾度となく歩き回った。その張儀が楚《そ》の令尹《れいいん》の館に逗留していた時のことである。張儀は令尹と酒を酌み交わしていたが、何故か令尹の身に着けていた玉《ぎょく》が紛失した。

戦国時代の人々にとって、玉は何よりも大切なものだった。玉には霊魂や神々を降臨させて邪悪を払い、不老不死の能力があると信じられていた。人々にとって、玉は幸運を呼ぶ、極めて重要な宝物であった。その大切な玉がなくなった。

令尹の食客が張儀を疑って、令尹に告げ口をした。

「張儀は貧しくて、行いもよくありません。きっと令尹様の玉を盗んだに違いありません」

それを聞いて、怒った令尹は食客の手を借りて張儀を捕え、鞭で激しく数百回も張儀を打った。それでも張儀は罪を認めず、最後に釈放される。

打擲《ちょうちゃく》されて傷だらけで帰ってきた張儀を見て、張儀の妻が嘆いた。

「ああ、あなたが書を読んで、遊説さえしなければ、こうした恥辱を受けずに済んだものを……」

それを聞いた張儀が大きく口を開けた。

「私の舌を見てくれ。まだあるか？」

「舌はありますよ」と張儀の妻が笑って言った。

「それで十分だ」

張儀が満足そうに破顔した。

張儀とはそういう男である。だが、この一件は張儀の心に暗い影を落とした。張儀は令尹だけでなく、楚に対しても深い恨みを抱くことになった。

――必ずや、この口で楚の国を滅ぼしてやる。

張儀は自分の心に強く誓った。

その翌年（紀元前三二八年）、張儀は自分の能力を売り込むために秦を訪れる。この頃、秦の恵文公はまだ王を名乗っていなかった。恵文公が恵文王となるのは、まだ先のことである。

恵文公は蘇秦の合従策によって生まれた六ヵ国による同盟を、何とかして壊そうと苦慮していた。そうしなければ、秦は領土を広げることができない。そこへ、その合従策を破るための方策があると、広言している張儀が現れた。

恵文公はその策を聞いてみようと思い、張儀を召しだした。

「張儀、合従策を破る方策があるというのは、真のことか？」と恵文公が張儀を質した。

「はい。方策が一つ考えられます」

「その方策とは？」

「それは魏への調略です。魏を味方につければ、斉への防波堤になりますし、趙や燕を討つ時の橋頭堡《きょうとうほ》にもなります」

張儀は秦の北東部に位置する、自分の故国であった魏を秦の盾にしようと考えていた。いかにも縦横家らしい考え方だった。

「うむ、それは朕もわかっておる。だが、どうやって魏を味方にするのだ？」

「寛厳策《かんげんさく》で魏を揺さぶろうと思います」

「寛厳策とは？」

「威と恩とを交互に用いて、相手を意のままに操る方法です。まず、魏に進攻してその領土を奪います。魏は秦の強さに震えることでしょう。次に、魏から奪った領土の一部を還してやり、寛大な態度を示します。そうすることで、秦への敵意が薄まります。それから、今度は秦の言うことを聞かなければ、魏に再び侵攻すると脅します。厳しい顔を見せるのです。こうした寛厳を幾度か繰り返し、魏王の心を疲れさせます。そして、頃を見計らい、秦との同盟を提案します。魏は必ずそれに乗ってくるでしょう」

張儀の提案は悪くない、と恵文公は思った。

元々、恵文公はこうした謀略や調略などを好む性格であった。秦は周辺諸国から〝虎狼《ころう》の国〟といわれていた。虎狼とは欲が深く残忍なことである。虎狼の国とは貪欲で、飽くことなく他国を侵略する国を意味していた。「秦は虎狼の国である」と、最初に言ったのは蘇秦である。

恵文公は虎狼の国の主であるゆえに、目的を達成するためにはあらゆる策謀を駆使した。そこに躊躇や善悪などなかった。恵文公にとって張儀の考え方は、自分の性質に極めて合致している。恵文公は張儀のことを気に入った。

「わかった。お前の言葉を信じ、その件はお前に任せる」

すぐに張儀は恵文公の臣下に加えられた。

この年、張儀は公子の華と共に魏を攻める。張儀たちは魏の蒲陽《ほよう》を包囲して陥落させた。

その後で、張儀は恵文公に蒲陽を魏へ返還することを伝え、それを返還させる。それから魏に入り、魏王を脅して、魏の上郡十五県を秦に割譲させた。こうして、魏は張儀の掌の上で踊らされることになる。張儀はこの功績により、秦の宰相に任命された。

さらにこの年、張儀の進言で秦は趙と戦い、その将であった趙疵《ちょうし》を敗死させ、趙の藺《りん》と離石の二邑を奪い取った。趙の粛侯はこの敗戦の知らせに心を病み、二年後に死去する。こうして、張儀は魏だけでなく趙の勢いも削いだ。

秦における張儀の権勢がいよいよ盛んになる。張儀はこの日がくるのをずっと待ち望んでいた。満を持して、張儀が楚の令尹に対して手紙を送った。

＊

初め、私はお前に従って酒を飲んでいた。そこで、お前の玉がなくなる。お前は私を疑った。

私はお前の玉など盗みはしない。私はそれほど卑しい人間ではない。それなのに、お前は私を鞭で激しく何度も打った。

この恥辱は決して忘れない。

せいぜい、お前の未熟な智恵で楚を護ることだ。私は必ずや、楚の国を攻め落としてみせる。

手紙には張儀の激しい復讐の言葉が書き綴られていた。その恫喝の前に楚の令尹は震えあがった。

＊

この年の暮れ、秦の玉座から離れた右房の一部屋で、張儀が恵文公と密談を行っていた。恵文公はほかの臣下に聞かれたくない話の場合、この右房をよく用いている。

「合従策を完全に瓦解させる秘策があるというのだな」と恵文公が張儀に聞いた。

「はい」

「どんな秘策だ?」

恵文公の問いに張儀が声を潜めて、「蘇秦の暗殺です」と答えた。

それを聞いた恵文公がわずかに眉を寄せる。

「六ヵ国の同盟は烏合の衆による約束に過ぎません。それを支えているのが、六ヵ国の宰相を兼任している蘇秦です。蘇秦さえ消せば、同盟は脆くも瓦解します」と言い、張儀が意味ありげに微笑んだ。

恵文公が目を閉じ、暫くの間、黙考する。それからゆっくりと両目を開いた。恵文公の眼球の奥で炎が燃え盛っている。

「秘密裏に事を運べる確信があるのだな」

恵文公が鋭い目で張儀を見た。張儀が無言で頷く。

「わかった、お前に任せる。ただし、朕はこの話を聞かなかったことにする。絶対に成果を出して、朕を喜ばせるのだぞ」と恵文公が言い、張儀に厳命した。

張儀が深々と頭を下げ、右房を退出した。

その翌年（紀元前三二七年）の春、張儀は魏に赴いた。そこで、魏王に対して、秦と連合して近隣諸国を侵略すべきだと、自説の連衡策を進言した。また、張儀は自分の提案への賛同を渋る魏王に対して、焦《しょう》と曲沃《きょくよく》の二邑を魏に返還する。魏王は張儀に深い恩義を感じ、秦との連合に前向きな気持ちになった。魏に対する張儀の寛厳策は確実に浸透していたのである。

紀元前三二四年、張儀は恵文公に対して秦王を名乗るよう提言する。前にも触れたが、この当時、戦国七雄の中で王を名乗っていたのは楚・斉・魏の三ヵ国だけであった。

「楚・斉・魏の王は、王の名に値しません。本当の王と呼べるお方は、恵文公様だけでございます」

張儀がそう言って説得を続けた。この進言を恵文公は受け入れることにした。自分こそが王を名乗るに相応しいと思ったからである。

この年から、秦において王政の元号（秦の恵文王元年）が用いられることになった。これ以後、恵文公は恵文王と呼ばれることになる。秦が王を称すると、韓や趙・燕・中山などの諸国も次々と王を名乗るようになり、東周王朝の凋落が一層顕著となった。

恵文王三年、恵文王は魏と連衡して韓を攻めようと考えた。そのためには、魏との確実な同盟が必要であった。恵文王は張儀と共に謀り、張儀を魏へ派遣した。

張儀は魏王に対して、「自分は秦に戻らぬ覚悟で魏に来た」と伝え、秦との同盟の必要性を必死に説いた。魏王は張儀の言葉を受け入れ、張儀を魏の宰相に任じた。そのことにより、蘇秦が創りあげた合従策が綻び始めることになる。

「そろそろだな」と魏の屋敷の中で張儀が独白した。

張儀が屋敷に寄宿していた一人の食客を呼びだす。そして、密命と金銭を与えると、その食客を斉へ派遣した。張儀による蘇秦の暗殺という企みがついに動き始めたのである。

勿論、そのことに蘇秦はまるで気づいていない。やはり、張儀は蘇秦よりも奸計に長けていたといえるだろう。その五年後、蘇秦は張儀の陰謀によって命を落とすことになった。

五

秦を中心に周辺諸国が縦横家の手によって激しく動いていた。その中で楚はどうしていたのだろうか。

楚に関して、史書にはそれほど目立った動きが記されていない。楚には文化がないと言われ続けており、実際に特筆するだけの人物が出現してこなかった。ただ、楚の令尹であった昭陽《しょうよう》の有名な逸話が、史書には記録されている。

それによると、屈原が出仕する三年前の懐王六年（紀元前三二三年）、懐王《かいおう》が令尹の昭陽に大軍を与え、将軍に任命すると魏を攻めさせた。

昭陽は襄陵《じょうりょう》の地で勝利し、魏の八邑を奪った。これは昭陽が優秀な将軍であったからではない。楚の兵士が強兵で勇敢であったことによる、当然の帰結であった。楚の将軍が誰であっても勝てた戦いだった。

勢いに乗った昭陽は兵を斉へ向け、進攻しようとした。斉の閔王《びんおう》はそれを恐れ、たまたま秦からの使者として斉を訪れていた縦横家の陳軫《ちんしん》に、昭陽への対策を尋ねた。

「魏を伐った昭陽が勢いに乗って、斉を攻めようとしている。朕はどうしたらよいのだろうか？」

閔王の話を聞いた陳軫は暫く黙考した。

陳軫はここが縦横家としての、自分の名声を上げる絶好の機会だと感じた。昭陽を説得できれば、自分も蘇秦や張儀と並んで、各国の王に受け入れられるだろう。宰相になることも夢ではない。特に、秦において、恵文王の信頼を争っている張儀には、意地でも負けたくなかった。

陳軫が顔を上げて閔王に言った。

「私にお任せください」

「何かよい策があるのか？」

「策ではありませんが、よい口があります」

そう言って、陳軫が指で自分の口を指し、自信ありげに笑った。縦横家らしい振る舞いだった。

「では、その口に賭けてみよう」と閔王は言い、昭陽への対策を陳軫に託した。

縦横家の口がどれほど凄いものなのか、閔王は蘇秦や張儀などの言動によってそれを知っていた。何も策が浮かばなかった閔王は、陳軫の口に賭けたのである。

陳軫はすぐに昭陽の陣へと向かい、陣中で昭陽と会見した。

「将軍にお聞きしたきことがございます」と陳軫が遜《へりくだ》った様子で、昭陽に尋ねた。

「何を聞きたいのだ」

昭陽が鷹揚に応える。

「楚の国では敵軍を破り、敵将を倒した将軍には、どのような褒賞が与えられるのでしょうか？」

「上柱国《じょうちゅうこく》に任命され、上執珪《じょうしつけい》の爵位が与えられるだろう」

それを聞いた陳軫がさらに昭陽に尋ねた。

「楚には上柱国を超える官位はございますか？」

「その上は令尹だけだ」

昭陽の返事を聞いた陳軫の瞳が輝いた。陳軫はその返事を待っていたのである。

すぐに、陳軫が話し始めた。

「将軍はすでに令尹ではございませんか。楚の百官の中で、将軍の上に立つお方は誰もおりません。その将軍が斉を伐って、これ以上の功績を挙げても、何もならないのではございませんか」

陳軫の巧みな誘導に昭陽は迂闊《うかつ》にも頷いてしまった。それを見た陳軫は、これで勝負があったと思った。

間髪を容れず、陳軫が言葉を続ける。

「将軍に、たとえ話を一つお話ししたいと思います」

そう言うと、陳軫が饒舌に語り出した。

*

楚の国のある人が祖先の祭儀の時、使用人たちに大杯一杯分の酒を振る舞った。ところが使用人たちは不満を口にする。酒の量が少な過ぎて、みんなで飲むには足らなかったからである。

そこで、みんなで相談の上、地面に蛇を描いて、一番先に描きあがった者が酒を全部飲むことにした。

一人の使用人が素早く蛇の絵を描くと、左手に酒杯を持った。そして、「おれは足だって描ける」と言い、右手で蛇に足を描き始めた。

その男が足を描き終わらない内に、別の使用人が蛇を描き終えた。この男が蛇に足を描き足している男の酒杯を奪い、「蛇に足などない。お前の描いた絵は蛇ではない」と言って、中の酒を全部飲み干した。

＊

陳軫が話し終わると昭陽を見て微笑み、それから言った。

「将軍は魏を破り、これ以上ない功績を挙げられました。しかも、将軍はすでに最高の官位を得ています。たとえ、斉を攻めて勝利しても、将軍にはこれ以上受けられる官位も爵位もございません。それなのに、将軍はまだ斉を攻撃しようとしています。それは蛇を描いて、足を付け加えようとする行為と変わりません」

陳軫の言葉を聞いた昭陽が、陳軫に賛同するように数回頷いた。それを見て、陳軫がさらに言葉を続けた。

「万が一、将軍が斉に敗れたら、ご自身が亡くなることもあり得ます。たとえ、生きて楚へ帰っても、敗北の責任を取らされることになるでしょう。いまの官位や爵位を剥奪され、楚の人々から激しく誹《そし》られることでしょう。ここは斉を攻めず、逆に斉に恩を売っておく方が得策と思われます。得るものは得て、それを失わないことこそが賢い生き方です」

「なるほど」と昭陽が大きく頷き、陳軫の言葉に同意した。

さすが、口先だけで生きてきた縦横家の言葉である。昭陽は陳軫にすっかり騙されてしまった。愚鈍な昭陽は早急に兵を収めて、楚へ帰国した。

この逸話は無用の長物を意味する〝蛇足〟という言葉で、今日まで伝わっている。だが、そこには楚の極めて低い文化度が象徴されていた。

楚には自分の出世や利益しか求めない、卑しい高官しかいなかった。自分のためではなく、国の発展や人々の暮らしを豊かにするために努力する人材が不足していた。しかも、陳軫が語った話は、楚の国の故事である。自国の故事さえも知らない、文化的に未熟な人物が楚の令尹であった。

最高の官位にある者がこの程度ならば、ほかの百官は推して知るべしだった。縦横家の陳軫はそのことを熟知しており、その弱みを巧みに突いたのである。

ひょっとしたら、この愚かな令尹の昭陽が、玉を盗んだと張儀に疑いをかけて、何度も打擲したあの楚の令尹であったかも知れない。時代的には合致する。もしそうならば、昭陽は楚が衰退する原因を作った一人といえるだろう。楚にとって昭陽の存在そのものが蛇足であった。

この時代、楚に限らず、各国は蘇秦や張儀、陳軫などの縦横家たちの口先によって、右往左往させられていた。

縦横家がいなければ、戦国時代の歴史は大きく変わっていたことだろう。残念なことに、屈原が歴史の表舞台に登場するのには、まだ少し時間が必要であった。

第四章　雄飛《ゆうひ》

一

楚《そ》の国の中で、屈原《くつげん》の名声が少しずつ広がっていった。弱冠十八歳で楚に流布する興《きょう》を体系立て、さらに辞《じ》という韻文の新しい世界を創造した。その功績は驚きをもって、楚の国中に浸透していく。

楚の人々は屈原の偉業を心から称賛した。そのことは、屈原一人の名誉で終わらなかった。やがて、屈氏全体の栄誉に繋がることになる。

屈原の名声が懐王《かいおう》の耳にも届いたのである。野蛮で文化のない楚と揶揄されていることを、懐王は内心では忸怩《じくじ》たる思いで、ずっと耐え忍んでいた。そこへ伝わってきた屈原の名声と実績。そのことを懐王は非常に喜んだ。懐王はすぐに莫敖《ばくごう》の屈匄《くつかい》に対して、屈原を出仕させるように命じた。それにより、屈原の存在が屈氏一族の大きな誇りと栄誉に変わった。

　この偉業を我がことのように喜んだのが屈匄であった。屈氏の宗廟を継ぐ屈原が懐王に認められたのである。懐王による出仕の命令は、屈氏全体の大きな喜びを伴い、屈原のもとへと届いた。

　この時、屈原は二十歳になったばかりで、まだ加冠《かかん》していなかった。加冠していなければ官職を受けることができない。屈匄は慌てて、屈原に加冠するよう伝えた。

　加冠とは加冠の儀と呼ばれる、成人になるための通過儀礼である。のちの時代に纏められた『礼記』には、「二十而冠　冠而字」とある。男子は二十歳で加冠して字をもらう、とされていた。さらに、「已冠而字之　成人之道也」と記されている。加冠して字をもらうことが、成人の道だと定められていたのである。

　古代から、中国では男女共に髪を長く伸ばしており、それを紐で幾重にも結って、最後に笄《けい》で留めていた。また、その上に頭巾を被り、頭髪が直接見えないようにするのが礼儀であった。頭髪が見えることは、本人にとって大きな恥辱だった。加冠の儀では、その頭巾の代わりに冠を被ることになる。

　加冠によって屈原は高い冠を被り、初めて屈家の当主として認められた。ついに屈氏の宗廟を祀る主祭となることができた。

「おめでとうございます。本日より公子《こうし》ではなく、原《げん》様と呼ばせていただきます」と言いながら、汪立《おうりつ》が屈原に深々とお辞儀し、それから、屈原が頭に被った高い冠を嬉しそうに見上げた。

父親の伯庸《はくよう》を五歳の時に亡くした屈原に仕えて十五年、慶祝の日を迎えて汪立の胸は感激で破れんばかりであった。自然と涙が目頭に浮かんだ。だが、吉日に泣くわけにはいかない。汪立が溢れそうになる涙を必死に堪えた。

「あいわかった。幼き日より、汪立が私に仕えてくれたおかげで、今日の晴れの日を迎えることができた。心から有難く思う。今日をもって、汪立を傅役《もりやく》から屈家の家宰《かさい》に命じる。これからも屈家のために尽くしてくれ」

「もったいないお言葉、有難うございます」

屈原の命に汪立が胸を詰まらせた。

――自分はこの主に仕えてきて、本当によかった。

汪立は心の底からそう思った。

二

懐王九年（紀元前三二〇年）、いよいよ屈原によって、楚の政治と文化が大きく躍動し始めることになる。

楚の王宮の中央に位置する明堂《めいどう》。楚の王が執務を行う中心部である。明堂の南北の壁面には、歴代の王の巨大な壁画が描かれている。その明堂を翡翠で造られた、豪華な四本の大円柱が支えていた。

明堂の東壁面には壮麗な彫刻が施された玉座がある。その玉座に懐王が座っていた。玉座の下の左右には百官が並んで控え、玉座の上で懐王がその時を待ち焦がれている。丁度、屈原との対面が始まるところだった。

懐王が初めて見た屈原は極めて眉目秀麗《びもくしゅうれい》であった。この時代、男女を問わず、名士や大夫《たいふ》、夫人には美しさが求められた。美しい男はそれだけで優秀な人物と見なされる。屈原は容姿も、佇まいも美麗で、非の打ち所がなかった。

懐王は一目で屈原のことが気に入った。

「屈原、楚に足らないものとは何だ？」と懐王が屈原に質した。

「令でございます」と即座に屈原は答え、さらに言葉を続けた。

「令は国家を強国と為すための基本法典です。その令は行政令、民事令、刑事令を始めとし、多岐にわたります。わが国ではこの令が、まだまだ未整備です。まずはそれを整えることが、最も重要かと存じます」

屈原の言葉が懐王の胸を強く打つ。屈原は見た目が美しいだけでなく、頭脳も極めて明晰であった。

いままで、「楚は野蛮な国で、文明国家ではない」と周辺諸国から言われ続け、その評価を懐王はずっと耐え忍んできた。だが、目の前にいる屈原は楚だけでなく、中国全土を見渡しても得難い逸材だった。ようやく、楚に対する低い評価を変えられる日がやってきた。そのことに懐王は非常に満足した。

「その言や、善し。屈原を左徒《さと》に命じる」

すぐにその場で、屈原が左徒に任命された。

左徒とは楚の官職の一つで、王の身近に仕える侍従長のような職である。その役目はいまでいう、法務大臣と外務大臣を兼務するような重要な職といえるだろう。楚においては、令尹《れいいん》、莫敖に次ぐ、極めて高位の官職だった。

楚には左徒と似たような高位の官職で、上官大夫という職も存在していた。こちらは側用人のような立場で、諸大夫の言葉を王に繋ぐのが役目である。いまは、その上官大夫に靳尚《きんしょう》という貪欲な官僚が就いていた。

その靳尚が嫉妬に満ちた目で、屈原をじっと見つめている。それ以外の百官たちも、期待や希望、嫉妬、反感など、複雑に絡み合う様々な思いを抱きながら、懐王と屈原の会話に耳を欹《そばだ》てていた。

楚の公族という申し分のない血筋を持ち、優れた資質と美貌を兼ね備えた屈原。それに大きな期待をかける懐王。楚の新しい時代の幕開けを予感させる、二人の初対面だった。

三

屈原の執政官としての優れた資質が、楚の王宮で一挙に花開く。屈原はただの文学者ではなかった。博識であると同時に政治的、外交的にも優れた見識を持っていたのだ。長い間、楚の国が希求していた、得難い人材であった。

屈原が懐王と共に楚における令の整備を始めだす。懐王と相談して、新しい政令を発布し、屈原は楚の内政の充実に努めた。

次いで、外交面での拡充を図った。屈原が賓客を接遇し、諸侯の意向に対応する。いままでの楚には、それを満足にこなせる百官が誰もいなかった。それが屈原の出現により、ほかの国々と負けないぐらい、いや、それ以上に上手く外交問題に対処できるようになった。また、明堂内では屈原を中心にして、文学的サロンが生まれ、華やかな王宮文化が花開いた。兼ねてから懐王が求めていた文化が、屈原によって楚にもたらされた。

屈原に対する懐王の信頼は日増しに厚くなっていく。ところが、内政が充実していくのに反して、楚の外交面に危惧が生まれ始めた。秦からの圧力が次第に強くなってきたのである。このままでは、いずれ楚と秦との全面対決が避けられない。

果たして楚は秦に勝てるのだろうか、と懐王は思い、そのことに苦慮した。

この当時、楚は蘇秦《そしん》が提案した六ヵ国による合従策を採用していたが、その絆が綻びかけていた。そこには楚が魏や斉《せい》をたびたび侵略していることが影響している。だが、それ以上に秦からの圧力の巨大化や、目に見えない謀略が行われていることが大問題だった。

懐王が屈原を呼びだして、質した。

「秦の動きが年々、活発になってきている。この先、合従策だけで持ち堪えられるのか。

朕は疑問を感じている。左徒はいかに考える？」

　懐王の質問に屈原が答えた。

「合従策では難しいと思われます。確かに、六ヵ国による合従策には、それなりの有効性がありますが、残念なことに各国の思惑が微妙に異なっております。すべての国が、自国の利益のためだけに合従策を受け入れており、その自国の利益が六ヵ国同士でぶつかることが多々見られます。これでは、いざという時に秦の侵略に対抗できないでしょう」

「ならば、楚はどうすればよいのだ？」

「秦に対抗するためには、強国との同盟しかないと考えられます」

「強国とは？」

「斉です。斉との同盟が楚にとって、最上策と考えます」

　斉は楚の北に隣接する強国である。楚と斉が同盟することで、秦に勝てると屈原は思っていた。

　屈原が懐王に斉との同盟によって生まれる有益性を熱心に語った。そして、斉との同盟を強く促す。必要であれば、屈原自らが斉へ行って、斉王を説得するとまで言った。

「斉との同盟な……」

懐王が少し考えこみ、答えを躊躇した。

それが屈原には不満だった。

懐王は恩情に厚い人物だが、為政者としては、それほど賢明ではない。むしろ、凡庸といった方が適切であった。そのため、大事に臨んで、すぐに決断ができない。

――この優柔不断さが、緊急時に楚を危険な状態に陥らせることになるだろう。

屈原はそのことを案じた。

屈原が改めて斉との同盟を懐王に強く進言した。

「六ヵ国の関係は微妙な均衡の上に成り立っております。それが崩れれば、秦はすぐに我が国へ侵攻するでしょう。斉との同盟を早めるべきです」

「わかった、考えておく」と懐王が鷹揚に答えた。

懐王の返事に屈原は大きく失望した。

明堂の左奥にある扉を少しだけ開け、このやりとりを見つめている二人の人物がいた。

上官大夫の靳尚と懐王の寵姫の鄭袖《ていしゅう》である。これまで懐王の寵愛を独占し、王室を牛耳ってきた靳尚と鄭袖は、屈原の出仕がはなはだ面白くなかった。

特に、靳尚はこれまで懐王に進言することで、楚の内政を独断で執り仕切ってきた。それなのに、その地位を屈原に奪われ、激しい敵意と嫉妬心を抱いていた。いまでは懐王は屈原の進言しか聞かない。そのことが靳尚には悔しくてならなかった。

一方、鄭袖は懐王との間で生まれたばかりの、息子である子蘭《しらん》の将来を案じていた。このままでは、いずれ屈原が令尹となり、子蘭が斉へ人質に出されるのではないだろうか。この時代、王族の子弟はよく外国へ人質として、送られることが多かった。そのことを鄭袖は絶えず恐れていた。

その靳尚と鄭袖が密かに話し合い、二人の利害が屈原の排除で一致した。しかし、屈原は三閭《さんりょ》という貴い血筋を引いた公族である。しかも、その叔父は楚の軍事の全権を握る、莫敖の屈匄であった。どのように思案しても、いまの二人の力では太刀打ちできない。ただ、黒い思いだけを胸に抱き、闇に潜んで屈原を覗くことしかできなかった。

四

懐王十一年（紀元前三一八年）、突然、六ケ国と秦との戦争が勃発した。それを引き起こしたのは魏である。魏では張儀《ちょうぎ》に替わって公孫衍《こうそんえん》が宰相になっていた。この公孫衍が秦との戦争を仕掛けたのである。

公孫衍は魏の生まれだったが、立身出世のため魏を捨て、秦に仕えた縦横家《じゅうおうか》である。その時、秦では同門の張儀が秦の恵文王の寵愛を独占していた。公孫衍は張儀に対して激しい競争心を抱く。その頃、公孫衍に限らず、陳軫《ちんしん》やほかの縦横家たちも皆、張儀にだけは負けたくないと思っていた。それだけ張儀が傑出しており、ほかの縦横家たちの嫉妬の対象となっていたのだ。

しかし、公孫衍の思惑に反して、秦の恵文王は張儀を重用し、宰相に任じた。そのことに著しく自尊心が傷ついた公孫衍は秦を去り、再び故国の魏へ戻って魏王に仕えた。やはり、ここでも縦横家の私利私欲が政治を歪めることになる。

公孫衍は苦労の末、やっと魏の将軍となった。ところが皮肉なことに、秦の恵文王の命を受けた張儀が魏にやって来て、魏の宰相となってしまったのだ。

魏でも再び張儀の下に付くのか、と公孫衍は思い、臍《ほぞ》を噛みながら悔しがった。だが、今度は負けて逃げるわけにはいかない。逆に、自分の力で張儀を必ず魏から追放してやると公孫衍は誓った。

公孫衍は持てる知識のすべてを駆使し、張儀追放の策略を練った。また、懸命に魏王へ取り入り、張儀を誹謗し続けた。そして、ついに張儀を罷免させることに成功する。公孫衍はようやく宰相の座に就くことができたのである。

張儀に勝ったと公孫衍は思い、喜びの中で、その勝利に酔った。

しかし、張儀を罷免したことが原因で、魏王は秦との関係に苦慮することになる。魏に対して秦から強力な恫喝がなされた。秦に従属しなければ、魏を侵略して、滅ぼすと強く脅された。張儀は自分が魏の宰相から罷免されることなど、想定の範囲であった。いや、むしろ、わざと罷免されるように仕組んだといえる。そうしなければ、秦が魏王を脅すことができない。魏王と公孫衍は張儀の企んだ寛厳策《かんげんさく》の罠に嵌《はま》ったのである。

秦を恐れた魏王は、その対策のすべてを公孫衍に委ねた。公孫衍は魏・韓・趙《ちょう》・燕・斉・楚の六ヶ国で合従し、その力を以て秦を討つことを魏王に進言した。自らの失態を、ほかの国々の力を利用して、逃れようとしたのである。いかにも縦横家らしい振る舞いだった。

魏王はその提言を受け入れ、公孫衍にその合従策を至急、実行するように命じた。公孫衍はまず楚以外の五ヵ国を回って、合従軍の結成を承諾させて、最後に楚へ入った。

公孫衍は楚の懐王の前で、「秦に対する五ヵ国の合従軍が結成されました。懐王様には、ぜひそれに加わっていただき、合従軍の総大将を務めていただきたいと存じます」と願い出た。

それを聞いていた屈原が、公孫衍の提案に激しく反対した。

六ヵ国による合従は守りのための施策であり、秦を攻撃するための策ではない。それを秦の攻撃のために用いることに、屈原は反感を覚えた。しかも、その利のほとんどが魏にあった。さらに、楚が魏のため出兵をするだけの正義が、どこにも存在していなかった。

屈原の反対はそれだけではない。屈原は普段から縦横家の言葉を信用していなかった。縦横家は口先だけで生きている。そこには真心が存在していない。縦横家が求めているのは私益だけである。そのことを屈原は充分に理解していた。

今回の公孫衍の提案も、張儀による魏への寛厳策に対抗したものである。しかも、魏のためというよりも、公孫衍が張儀に勝ちたいという一心が透けて見えた。そのため、公孫衍のいう合従軍策が、天下や国家、そして人々の繁栄や安寧《あんねい》を願っていないことが、一目瞭然であった。

こんな策に、乗るわけにはいかない、と思った屈原が言葉を尽くして、懐王を説得した。

莫敖の屈匄も公孫衍の話に危うさを感じた。そんなことで楚の軍隊を戦地に送るわけにはいかなかった。屈匄だけでなく、ほかの将軍たちも屈原を積極的に支持した。

結局、実際に秦へ出兵したのは、韓・魏・趙の弱小三ヵ国だけであった。大国の楚・斉・燕の三ヵ国は動こうとしなかった。いずれの大国も公孫衍の口車に乗ることを拒否したのである。

弱小三ヵ国の合従軍は秦の函谷関《かんこくかん》を攻撃したが、強力な秦軍に敗北し、十万人以上の兵士と多くの将校が斬首されてしまった。

その知らせを明堂で聞いた懐王は心から安堵した。

――もし、屈原の言うことを聞かずに出兵していれば、楚の多くの兵士と将校を失ったことだろう。そうなれば、国民の大きな恨みを買うことになる。それが避けられてよかった。屈原がいて、ほんとうによかった。

懐王はしみじみとそう思った。

「左徒、このたびの進言、褒めてつかわす。お蔭で朕は大切な兵士の命を失わずに済んだ。すべて、左徒の功績である。改めて、楚王として感謝する。これからもよい進言を頼む」

そう懐王が最大級の言葉で屈原を称えた。

「もったいないお言葉です」

屈原が深くお辞儀をした。

懐王が屈匄に目をやり、「お主や左徒など、朕はよき臣を持った」と屈匄にも声をかけた。

「身に余るお言葉です」と屈匄が誇らしげに返事をした。それから、屈匄が屈原を見て微笑んだ。

屈原の働きによって、国難を逃れた喜びが楚の国中に溢れた。人々はこぞって屈原を讃えた。このことにより、屈原の名声が楚の内外にまで高まることとなる。しかし、この幸せな治世は長く続かなかった。

五

秦の恵文王七年（紀元前三一七年）、斉で蘇秦が暗殺された。だが、その真相をほとんどの人々は気づいていない。

秦の王宮では前年の函谷関における勝利で沸き返っていた。その喜びの中、張儀が秦に戻ってきた。

恵文王と張儀の二人が右房に入った。

「張儀、蘇秦のことはよくやった」

恵文王はすこぶる上機嫌であった。

「誰も気づいていないな？」

「はい。刺客も蘇秦の謀に落ち、すぐに処刑されたため、誰も真実を知りません」

「うむ、でかした。本日より、張儀には宰相を命じる」

「ありがとうございます」

張儀が再び秦の宰相に返り咲いた。

「ところで、合従軍のことは聞いておるな」

「はい。合従軍は大敗北。蘇秦も亡くなり、これで六ヵ国による合従策は瓦解したのも同然です」

「うむ、朕もそう思う。問題は次の一手だ。張儀ならどこを攻める？」

恵文王が張儀を見た。

「私なら、楚を攻めます。楚を落とせば、秦の領土は二倍になり、黄河流域の進攻が行いやすくなります」

「それはわかっておる。だが、なかなか楚を攻略するよい方策が見つからぬ」

恵文王が眉を顰《ひそ》め、張儀に聞いた。

「張儀、楚の懐王とはどんな男なのだ？」

「凡庸で、女性に耽溺《たんでき》しやすいところがあります。最初、南后《なんごう》をこよなく愛し、いまは夫人の鄭袖を溺愛しています」

「鄭袖とはどんな女なのだ？」

「毒婦《どくふ》です」

張儀はそう言うと、鄭袖に関する一つの逸話を語り始めた。

*

ある時、懐王のもとへ魏から美女が送られてきた。魏は美人を輩出することで広く知られている。その美女は魏美人と呼ばれた。

懐王はすぐにその魏美人に魅了されてしまう。そのことを知った鄭袖は、何故か魏美人に優しく接し、魏美人を大切に扱った。それを見た懐王は、決して嫉妬しない鄭袖を褒め称えた。

懐王が自分を疑っていないことを確認した鄭袖は、魏美人に対してある行動に出た。懐王に会いに行こうとしていた魏美人を鄭袖が呼び止める。そして、次のように伝えた。

「陛下はあなたの美貌をこよなく愛していますが、あなたの鼻だけは嫌いみたいです」

それを聞いて、魏美人が不安そうに鄭袖に聞いた。

「私はどうしたらよいのでしょうか？」

「鼻を絹布《けんぷ》で隠すのがいいでしょう」と鄭袖がすぐに笑顔で答えた。

魏美人は鄭袖に深く感謝をし、その日から懐王の前では絹布で鼻を隠すようになった。

そのことを不審に思った懐王は魏美人に理由を聞くが、いつもはぐらかされてしまう。そこで、懐王は鄭袖にその理由を尋ねた。

「どうして魏美人は鼻を隠しているのか？」

「それは……。私の口からはとても言えません……」

鄭袖が言いにくそうに言葉を濁した。

「構わぬ、話すがよい」と懐王が鄭袖を促した。

「魏美人が言うには、陛下の体臭が臭くて耐えられないそうです」

そう言って、鄭袖が下を向いた。

それを聞いた懐王が烈火のごとく怒った。

「朕を何だと思っている！」

懐王はすぐに臣下に命じて、魏美人を捕え、その鼻を削ぎ落とさせた。それを聞いた鄭袖が服の袖で顔を覆い、何度も笑った。

これが鄭袖の本当の正体である。鄭袖は稀代の毒婦だった。

*

張儀から鄭袖の逸話を聞いた恵文王が大きく頷いた。

「うむ、懐王は愚昧《ぐまい》な王というわけだな」

「はい。ご明察の通りです」

「太子の横《おう》は？」

「暗愚《あんぐ》です」

「官僚はどうだ？」

「奸臣《かんしん》や佞臣《ねいしん》ばかりです」

それを聞いて、恵文王が哄笑《こうしょう》した。

「なるほど、楚には人がいないということか。それならば、簡単に落とせそうだが……」

「いいえ、そうはいかない障害が一つだけあります」

張儀の言葉を聞いた恵文王が首を捻った。

「どんな障害だ？」

「楚の百官に一人だけ硬骨漢《こうこつかん》がおります」

「誰だ？」

「屈原です」

「左徒の屈原か？」

さすがに屈原の名声は秦の恵文王にまで届いていた。

「はい」

「張儀らしくないな。得意の調略で排除できるだろう」

「はい、できます。ただ、多くの金銭が必要です。それで迷っていました」

張儀が上目遣いで恵文王を見た。

「理由を話してみろ」

「はい。楚に奸臣が二人おります。一人は先ほどお話しした鄭袖です。もう一人が上官大夫の靳尚です。この二人は財に貪欲で、特に、玉を好んで集めています。この二人が嫉妬から屈原を激しく憎んでおり、その恨みを利用しようかと思っています。ただそれには、玉を贖《あがな》う多額の金銭が必要となります」

上官大夫の靳尚は懐王の側に仕えながら、己の欲望と立身だけを考え、多方面から賄賂を好んで受け取っていた。靳尚にとって、楚の国の行く末よりも自分の地位を高め、財産を増やすことが最も大切であった。

「なるほど。玉で楚を釣るのか。それは面白い」

そう言って、恵文王が釣り竿を動かすように、右手を上下し、大笑いをした。

張儀の調べによって、楚の王宮内部は丸裸にされていた。楚の懐王は凡庸で、百官たちは屈原を除けばみんな愚かであった。

これならば張儀の策は成功するに違いない、と恵文王は思った。

「わかった、必要なだけ金銭は用意させる。その代わり、計略をもって屈原を楚の王宮から必ず追放しろ」

「御意」

恵文王の命に張儀が頭を深く下げた。

「張儀、あまり長くは待たぬぞ。五年のうちに成果を挙げろ」

「はい、お任せください」と張儀は答えながら、

――五年あれば大丈夫だ。いまや、私の口に敵う者は誰もいない。これからは私の時代になる。

心の中でそう強く思った。

恐るべき縦横家の張儀。こうして、屈原に対する張儀の謀略と暗躍が始動し始めた。だが、そのことを屈原は知る由もない。蘇秦に続き、屈原の身にも危険が迫ろうとしていた。

張儀が言うように、屈原は曲がったことが大嫌いな硬骨漢であった。屈原は絶えず自分が理想とする、清廉潔白な政治を追い求めた。それが楚の国や楚の人々のためになると固く信じて疑わなかった。

そのため、大臣やほかの百官が不正を犯せば、それを厳しく糾弾して、その罪を追及した。それだけ、楚の明堂が腐敗していたともいえる。また、間違っていると思えば、たとえ相手が懐王であっても、臆せずに諫言《かんげん》を行った。こうした屈原の行動は楚の多くの民に支持された。しかし、高位の官僚たちは屈原のことを、「口うるさい頑固者」と陰口を叩いて非難し合った。楚の明堂内では、いつの間にか屈原を嫌悪する一派が育ち始めていたのだ。迂闊《うかつ》にも、屈原はそのことに気づいていなかった。そこに張儀の魔の手が迫ろうとしていた。

六

懐王十二年（紀元前三一七年）、忙しい政務の合間をぬって、屈原が新しい辞の試作に没頭していた。

屈原は極めて優秀な執政官であると同時に、天賦の才能に富んだ表現者でもあった。屈原は明堂でどんなに賞賛されても、文学を捨てることなどできなかった。

この時、屈原が目指したのは祭祀歌《さいしか》の体系化である。楚の国には地方ごとに、神々との交流をうたった様々な祭祀歌が存在していた。また、祭祀に関する数多くの楽曲もうたわれている。

そのことは屈原が巫風《ふふう》に目覚め、屈邑《くつゆう》の屋敷にあらゆる興や歌謡を収集した時から気づいていた。いずれ、これらの祭祀歌も体系づける必要があると考えていたのだ。そうしないと、やがて祭祀歌は消えてしまうだろう。屈原はそのことを一番、案じていた。

市井《しせい》に流布されていた民間伝承的な興は、『天問《てんもん》』で体系づけた。周の宗廟や各国の王族に伝わる頌《しょう》は、『橘頌《きっしょう》』で統一化した。

残るは各地方に伝わる祭祀歌だけであった。これを体系化できれば、楚の巫風でうたわれているほとんどの歌謡は整理されることになる。

ただ、祭祀歌の体系化は極めて難しい作業になると屈原は感じていた。いままで、『天問』や『橘頌』という二つの大作を完成させたことが、逆に屈原に対して、大きな重圧となっていた。

祭祀歌の体系づけは、それらの二作品以上のものにしなければならない。ただ、問題は、祭祀歌の数とうたわれている内容が膨大に多いことであった。屈原にはこれらすべての祭祀歌に通用できる、体系の核が見つからなかった。ある祭祀歌群には通用するが、ほかの祭祀歌群には通用しない、ということばかりだった。全体を総括できる思想的な核が思いつかなかったのだ。

——こういう場合は、どのようにしたら一つに纏められるのか。

屈原は思い悩んだ。

悩み続けた結果、屈原の脳裏にある書物の存在が浮かんだ。それが『山海経《せんがいきょう》』であった。『山海経』は地理志でありながら、各地の山川で産する草木・鳥獣・虫魚・鬼神・怪物などが、地域別に分類されて掲載されている。

——そうだ、『山海経』と似たような編纂にすればよいのだ。

祭祀歌は神々との交流歌であり、神々への讃歌である。ならば、そこに登場する神々を核とし、それぞれの祭祀歌を纏めることが可能である。それによって、祭祀歌を新しい辞として蘇らせることができるだろう。また、神々を軸として纏めた個別の辞を、さらに一つの大きな辞としての題名を与え、一つの作品とする。その考えに屈原はたどり着いた。

屈原は自分の構想に基づいて、作品全体を九つの個別の辞から構成しようと考えた。たとえば、すべての祭祀歌を九つの個別の辞に纏める。そして、その九つの辞を一つにして、それに『九歌』という全体の題名を与える。

これならばできる、と屈原は思い、確信を得た。

屈原が筆を手に取る。

最初に書き始める辞として、天界に住む最高神を地上へ迎えようと屈原は思った。それを行わなければ、神々と人々との交流が始まらなかったからだ。それは、迎神のための辞であり、〝迎神歌〟と呼べるものであった。

ここで呼ぶ神はすでに決まっていた。絶対神の〝東皇太一《とうこうたいいち》〟である。この神よりも上位に位置する神は存在していなかった。そこで、屈原は『九歌』を構成する最初の辞の題名を『東皇太一』とした。

それから、その辞の音楽性を考えた。辞の中で楽曲を感じさせる兮《けい》を、すべての句において、漢字の四文字目に配することを決めた。それにより、格調高い調べが聴こえてきた。いよいよ、屈原が『九歌』の初めを飾る、『東皇太一』を書き始める。

今日のよき日〈兮〉
よき時
謹んで〈兮〉
天界の神を慰めん
長剣の〈兮〉
玉の鍔を撫でれば
さやさやと腰の帯玉が鳴る

神を迎える役目を持つ〝覡《げき》〟の装いをまず定め、その姿を記した。今後、迎神に際して、覡の姿はこの形に統一されていくに違いない。

屈原が満足そうに頷き、一度、筆を止めた。

――次は、神への供え物をお披露目する句を書き、それから、楽舞《がくぶ》の在り方に関する句を記そう。

屈原はそう考え、再び筆を手に取った。

すると、言葉がすらすらと出てきて、屈原はその筆記に没頭した。

ついに、屈原の筆は、東皇太一を迎える場面に差し掛かった。ただ、その姿はあまりにも畏れ多いので、抽象的に書かなければならなかった。東皇太一の姿を余すことなく書きあげた屈原は、句の最後を迎えた。

楽器の音が〈兮〉
賑やかに交じり

神は楽しそうに〈兮〉
安らいでいる

屈原はそう書き、『東皇太一』の辞を終了させた。気がつくと、日が暮れていた。心地よい疲れが屈原を襲う。創作は大変だが、その作業はとてつもなく楽しかった。自分が心底から文学者であることを実感し、屈原は嬉しかった。こうして、屈原の充実した一日が終わった。

七

次の日、屈原は『東皇太一』に続く神々の辞を書き始める。その最初は太陽神の〝東《とう》君《くん》〟であった。人の営みは東から昇る日の出から始まる。その神を讃えなければ一日が始まらない。そして、東君の次に〝雲中君《うんちゅうくん》〟を祀る必要があった。雲は雨を呼び、雨は穀物の生育にとって欠かせない。穀物が育たなければ人々は生きていけないのだ。

こうして、『東皇太一』に続いて『東君』、さらに『雲中君』の二つの辞が完成した。だが、それでもまだ、九つのうちの三つが完成したに過ぎない。『九歌』の完成までは、驚くほど長い時間が必要であった。それがいつ終わるのか、屈原には想像もできなかった。屈原はただ次の辞の構成に熱中するだけだった。

書きあがった絹帛《けんぱく》を手にして、屈原は次の構想を練った。『雲中君』の次は、山の神や河の神がよいのか。それとも、天上の神の次だから、地上の神がよいのか。屈原の頭の中は次に登場させる神々のことで溢れかえっていた。

迷いに迷った結果、屈原の思考は〝配偶神《はいぐうしん》〟という考え方に到達する。しかも、屈原の考える配偶神は、極めて複雑に入り組んだ神々の姿だった。

簡単にいうと、いままで『東君』、『雲中君』と、男神が二神続いた。そこで、それらに対比できる女神を二神登場させ、まずその辞を創作する。さらに、その女神二神の辞の中にも、新たな男神を登場させ、男女の愛情の深さを複雑に投影させた。

この新しい辞で登場させる女神二神は、迷うことなくすぐに決まった。誰が考えても、この時代の女神といえば、〝湘君《しょうくん》〟と〝湘夫人《しょうふじん》〟の二神しか考えられなかったからだ。この二神を超える女神は存在していない。楚に限らず、北方の国々に暮らす、すべての人々もそう思うに違いなかった。

湘君と湘夫人は共に洞庭湖《どうていこ》へ流れ込む川の女神である。伝承によれば、湘君と湘夫人の二人は、神話時代の聖人であった堯《ぎょう》の娘だった。その二人の娘が女神となる。そこには、深い夫婦愛の逸話が存在していた。

堯の二人の娘たちは、その人名を娥皇《がこう》と女英《じょえい》といった。堯は二人の娘を、次の時代の聖王になった舜《しゅん》へ嫁がせた。舜は諸悪を追放し、理想的な政治を行っていた。その舜が南方巡行中に突然、蒼梧《そうご》の野で崩じた。嘆き悲しんだ娥皇と女英は舜の後を追って、湘江《しょうこう》へ入《じゅ》水《すい》し、〝湘君〟〝湘夫人〟という女神二神になった。

この伝承はあの『山海経』にも書かれている。そこには、〝洞庭の始めは篇遇《へんぐう》の山という〟という書き出しで始まり、周辺地域の説明が行われていた。そして、その文章の終わり近くに、〝さらに東南へ百二十里、洞庭の山がある。帝の二女がここに住んでいる。いつも江の淵、水源の風に遊び、瀟湘《しょうしょう》の淵を行き交っている〟と記されていた。

湘君と湘夫人の女神伝説は、有史前の古代から、ずっと人々に伝承されてきた。ただ、湘君と湘夫人の伝承には、もう一つ別の風説が存在している。それが、湘君が男神であり、湘夫人が女神で、二人は姉妹ではなく、夫婦神だったという説である。この説もまた、多くの人々に信じられてきた。

――大きく異なる二つの伝承を、何とかして一つの辞に投影できないものだろうか。

屈原はそう思い、その方法をずっと以前から考えていた。その結果、屈原は『湘君』と題する辞で、その二面性を表現しようとした。その書き出しを次のように始めた。

湘君は行かないで〈兮〉
躊躇っている

ああ誰を〈兮〉
中州で待っているのか

美しい流し目を送り〈兮〉
微笑んでいる

私はするりと〈兮〉
桂舟に乗る

沅湘の水が〈兮〉
波立たないよう命じる

江水を安らかに〈兮〉
流れさせる
夫の君を待ち望んでも〈兮〉
いまだこない
参差《しんし》を吹いて〈兮〉
誰かを思う

屈原がここで用いた比喩は極めて複雑だった。それは人格の多様化といえる。最初の一句目に記した、行かないで躊躇している湘君。これを娥皇の姿と捉えれば、娥皇は中州で亡くなった夫の舜を待っていると読める。そう読めば、言葉の節々に舜への思慕の思いが、切々と綴られている。

だが、この湘君を男神として捉えることも可能なのだ。その場合、湘君が待っているのは舜ではなく、女神の湘夫人となる。解釈がまるで逆になるのであった。

さらに、第一句から第四句までは湘君を描き、次の第五句から第八句までは湘夫人を描くと読めるような、問答歌の手法を用いている。

その場合、第七句の「夫の君を待ち望んで」と表現された夫とは、湘君を指すことになる。屈原は敢えて、湘君を女性として捉える辞と、湘君を男性として捉える辞の、二つの解釈ができる辞を組み合わせたのである。

そのほか、屈原は民間歌謡と宮廷歌謡との融合。女性の巫《ふ》と男性の覡との両立など、考えられる技法を駆使して、新しい巫風の世界を創造しようとした。その意味で、『九歌』は屈原にとって新技法の実験場だった。

屈原が『湘君』に続いて、女神湘夫人となった女英に関して書き始めた。この辞には屈原は『湘夫人』という題名をつけた。この『湘夫人』でも、屈原の創作の試みは続いた。それは風景描写の中に、複雑な男女の関係を落とし込むという、高度な技法であった。

　帝子は北の渚に〈兮〉
　降臨されたという

眼を岸に向け〈兮〉
私の心は愁いで満たされる
さわさわと静かに〈兮〉
吹き渡る秋風
洞庭湖は波立ち〈兮〉
木の葉が流れる

第一句の〝帝子〟を女英と捉えれば、女英は洞庭湖に身を投げ、湘夫人という女神になって降臨したと記している。そう捉えれば、辞全体が、その湘夫人を季節の中で懐かしむ作風になっていた。

しかし、第二句目の「私の心は愁いで満たされる」とうたった、その私を湘君と捉えれば、男神の湘君が女神の湘夫人を思う表現の辞ともいえる。辞全体が、秋の風景の中で、深い夫婦愛をうたったものとなるのだ。

こうして、『湘君』と『湘夫人』、二人の女神を詠んだ辞は、極めて前衛的な手法を駆使した、非常に難解な作品となった。これで『九歌』の内、五つの辞が完成したことになる。残る辞は四つとなった。

ここまで書くのにどれだけの月日が経過したのだろうか。

いつの間にか、屈原の頭の中は『九歌』のことでいっぱいになっていた。もし、屈原の本質が政治家であれば、その間に張儀の悪巧みに気づいたに違いない。だが、屈原の本質は文学の表現者だった。屈原が『九歌』の創作に熱中している間に、張儀の謀略がどんどん進められていった。まさか楚の明堂内で、屈原を貶《おとし》める謀略が進行しているなどと、屈原は想像もしていなかった。屈原は自分の政敵の存在と策略に気づかないまま、『九歌』の虜になっていたのである。

八

残りの辞が四つになったところで、屈原は『九歌』に更なる新たな実験的手法を取り入れてみようと考えた。その結果、生まれたのが『大司命《だいしめい》』と『少司命《しょうしめい》』の二つの辞であった。司命とは人の寿命を司る神のことである。その司命を屈原は意図的に大と少とに分けた。この大と少に、屈原は新しい概念を象徴させようと試みる。

その概念の一つが、成人と子供という考え方であった。それだけならば、比較的わかりやすかったに違いない。ところが、屈原はそれだけでは満足しなかった。そこに、もう一つの概念を付け加えた。それが、父親と母親・子供というものだった。この二つの概念を屈原は対比させたり、交錯させたりして、極めて理解し難い『大司命』と『少司命』の二つの辞を完成させた。

何故、そこまでして、屈原は難解な辞を創ろうとしたのだろうか。そこには二つの理由が隠れていた。

元々、巫風でうたわれていた興は連想といわれていた。言葉を聞いて、次から次へと連想が生まれることが望ましかった。屈原は『九歌』の中に、こうした古《いにしえ》より伝わる興の連想を反映させたかったのである。

しかし、それと反する思いも屈原の辞の中では息をしていた。それが、いままでにない新しいものを生みだしたいという、屈原の意欲であった。特にこの時、屈原はまだ二十三歳の意気盛んな若者だった。その若さが屈原に難解な辞を創らせたといえるだろう。こうして『九歌』のうち、その七つが完成した。残りの二つの辞をどう創るのか。そのことを屈原はすでに決めていた。

河の神である〝河伯《かはく》〟、その対極に位置する山の神の〝山鬼《さんき》〟の二神。この神々を記そうと考えていた。この二神の辞をうたい終われば、『九歌』は完成することになる。屈原は難なく、『河伯』と『山鬼』の二つの辞を書き終えた。これをもって、『九歌』はついにできあがった。その瞬間、屈原は自分が最も大切なことを忘れていたことに気づいた。

楚では度重なる戦争で、多くの人々の命が失われてきた。ところが、その人たちの魂を祀る〝鎮魂歌〟が楚にはなかった。楚の国に欠けている戦死者の魂を慰める鎮魂歌。それを『九歌』に収めなくてはならないだろう。戦死者への鎮魂歌は絶対に書かなくてはならなかった。そのことを屈原はうっかり失念していた。それは非常に大きな見落としだった。

屈原は改めて『国殤《こくしょう》』という辞を、表現することにした。殤とは二十歳前に死ぬことを意味している。従って、国殤とは「国のために若くして死す」ということであった。

屈原が戦死した楚の人々を悼む、渾身の鎮魂歌『国殤』を書き綴る。そして、屈原はその最後をこう締めくくった。

身は既に死んでいるが〈兮〉
神となり霊となる
その魂魄は〈兮〉
死者の軍隊の将軍となる

凄まじいまでの祖国愛に満ちた鎮魂歌であった。屈原が宮廷や風俗、世俗などを詠む時は、淡々と筆を進めることが多かった。それが、ひとたび楚の国や人々などが関わると、必ず激情がほとばしった。冷静ではいられなくなるのだ。屈原は根っからの愛国者であった。

九つの辞で構成しよう、と思っていた『九歌』であったが、気づけば十の辞が創られていた。だが、いずれの辞も削るわけにはいかなかった。一度、九つを超えたのであれば、さらに辞を書き足しても問題はない。屈原はそう感じた。

屈原が十編の辞となった『九歌』に、もう一つ辞を加えた。それは、『九歌』を集大成させるため、体裁上どうしても付け加える必要があるものだった。それが〝送神歌〟である。地上に招いた神々をもう一度、天界へ送るための辞である。屈原の『九歌』にはそれが欠けていた。迎神歌の『東皇太一』に対応した送神歌を屈原が書き始めた。

礼祭が終り〈兮〉
鼓を打つ
花を渡し〈兮〉
代わるがわる舞う
麗しい巫女が〈兮〉
歌い佇む
春は蘭で〈兮〉
秋は菊

永遠に〈兮〉
絶えることはない

屈原はこれに『礼魂《れいこん》』という題名をつけた。この『礼魂』はわずか数句の辞であったが、そこに屈原は複合的な意味を持たせた。まず、天界から地上に招いた神々が永遠だと称え、同時に、『国殤』で鎮魂した楚の兵士たちの魂も永遠であると称えたのである。

こうして、全十一編の辞からなる『九歌』が完成した。この『九歌』は、辞の思想性と芸術性の二つが合致した、屈原にとって会心の意欲作だった。

屈原は完成した『九歌』を改めて一気に読んだ。すると、『九歌』が極めて難解な辞だと気づいた。祭祀歌を体系立てて整理し、保存する意味においてはこれでよかった。だが、人々の心に残り、いつまでも、うたい継がれていく辞としては、『九歌』ははなはだしく適さなかった。

屈原が創った『九歌』は、修辞だけが華麗で、たとえば、宮中でうたえば荘厳に響くだろう。しかし、人々の心には響かぬ、ただ難しいだけの辞であった。おそらく市井に暮らす人々は、『九歌』に見向きもしないだろう。屈原はもっと人々の心に響く辞を書かなくてはならなかった。そうしなければ、辞そのものが人々の支持を失い、消えてしまう恐れがあった。そのことに恐怖を覚えた屈原は、自分の未熟さを心の中で厳しく諫めた。

九

屈原が『九歌』を完成させた頃、斉で蘇秦が暗殺された。そのことを知った屈原は、これで合従策が崩れ、秦の力が増すことを予感した。秦の圧力は程なく楚に迫ってくる。その危険から楚をどのようにして護ればよいのか。それは楚の左徒としての屈原が考えなければならない、最も重要な役割だった。

辞の創作にうつつを抜かしている場合ではなかった。至急、楚の国力を増し、秦の圧力に屈しない楚を創りあげなければならない。さらに斉とも同盟して、秦にあたる必要がある。楚の国のために、屈原が成さなければならない課題は山のようにあった。

政治家としての責任と義務に気づいた屈原は、文学者としての顔を脱ぎ捨てた。それからの数年間、屈原は自分の知力のすべてを注ぎ、楚の国力の充実に励んだ。その間、屈原は一作も辞を創作しなかった。持てる能力のすべてを国政に注いだのである。

懐王十六年（紀元前三一三年）、屈原の知略が冴えわたり、屈原の推進した内外の政策が大きな成果を見せた。内政面では様々な令の整備により、楚の富国化が一挙に促進した。穀物が増産され、幾つもの穀倉に大量の食料が蓄えられた。それだけではない、特に目覚ましい飛躍を見せたのが、屈原の戦略に則った軍事面の強化である。莫敖の屈匄の努力もあり、楚の軍隊は秦の軍勢に充分対抗できるほどの力を持った。

外交面では屈原が改めて懐王に進言し、斉との合従を突き進めた。懐王は屈匄を団長とする外交団を斉へ派遣して、斉と強い同盟関係を結んだ。この同盟はすぐに実益をもたらす。楚と斉の同盟軍が秦の国境を侵略し、秦の曲沃《きょくよく》や於中《おちゅう》などを占領したのだ。あの秦を破ったのである。それは歴史的快挙といえた。この勝利に楚や斉の国民が激しく熱狂し、昼夜を問わず何日にもわたって、街中で祝宴が繰り広げられた。たちまち、「楚に左徒の屈原あり」と、屈原の名声が戦国七ヶ国に鳴り響くことになった。

第五章　配流《はいる》

一

秦の王宮では、恵文王が楚《そ》を甘く見ていたことを悔やんでいた。屈原《くつげん》が仕組んだ楚と斉《せい》の合従が、これほど厄介なものだったとは、さすがに予想もしていなかった。結果的に秦は曲沃《きょくよく》と於中《おちゅう》の領地を失い、屈原に名を成させることになってしまった。

恵文王はそのことが、何よりも悔しくてたまらなかった。それもこれも、みんな張儀《ちょうぎ》が頼りないからである。

恵文王が怒りに燃えて、張儀を右房に呼びだした。

張儀は恵文王の怒りを充分に承知していた。これ以上、恵文王を怒らせてはまずかった。自分の命にもかかわる。その対策を考えることで、張儀の頭の中はいっぱいであった。

張儀が膝行《しっこう》しながら恵文王の前に出る。

　恵文王が張儀を見て、厳しく叱責した。

「張儀、楚の左徒《さと》への調略は一体どうなっているのだ。左徒は、いまだに健在ではないか」

「申し訳ございません」

　張儀が深く叩頭《こうとう》する。

「朕は五年のうちに片づけよと申したはずだ。それなのに、四年も無為に過ごし、多額の金銭を費やしただけで、何ら成果が挙がっておらぬではないか。しかもその間に、楚に曲沃と於中を奪われてしまった。お前は一体何をしていたのだ」

　恵文王の怒鳴り声が右房に響いた。いくら怒鳴っても、恵文王の怒りは収まらない。

「年内に結果を出さなければ、お前の首を刎ねて晒す。お前の自慢の口も、その首が刎ねられれば、動きようがあるまい」

　そう言うと、恵文王は張儀を残して荒々しく立ち去った。

　――まずいことになった。

　張儀は青い顔をして、そう思った。

　屈原に対する張儀の謀略は、決して進んでいなかったわけではない。むしろ、予想以上に上手く楚の明堂《めいどう》に浸透していた。上官大夫《たいふ》の靳尚《きんしょう》や夫人の鄭袖《ていしゅう》は、張儀から送られてきた数々の玉の魅力に負けて、すでに張儀の傀儡《かいらい》と化している。それだけではない。明堂では反屈原派の高級官僚たちが多数育っていた。そこへの調略も充分に行われている。ただ、張儀が自分の首尾のよさに酔い痴れて、油断していただけだった。自信過剰な縦横家《じゅうおうか》によく見られた、自己陶酔に溺れた結果である。

――それにしても屈原という男、自分の想像以上に切れる。ただの宮廷歌人かと思っていたが、政治的手腕もなかなかだ。下手な縦横家よりもできる。仕上げを急がねば、この首が危うい。

張儀はそう思いながら、自分の首を撫でた。恐怖から、張儀の首の皮膚がかすかに粟立っていた。

張儀は急いで楚へ使者を遣わし、屈原を失脚させるための妙手を、靳尚と鄭袖に対して伝えた。

その内容を受け取った靳尚と鄭袖の二人は大いに喜んだ。これで目障りな屈原をやっと排除できる。二人は張儀の指示に従い綿密に打ち合わせを行って、張儀の秘策を実行する日を慎重に窺った。

そして、ついにその時がきた。二人が迅速に行動に出る。丁度、政務を終えた懐王《かいおう》が暖かな春の陽ざしを浴びながら、左房内の赤い絨毯の上に置かれた椅子に座って寛いでいた。左房内には、かすかな梅の香りが漂っている。その香りを懐王は楽しんでいた。

　そこへ靳尚が姿を現した。靳尚は懐王の前で大げさに跪くと、おもねる様に言葉を発した。

「陛下におかれましては、本日もご機嫌麗しゅう存じます」

「上官大夫か、何用だ」

　心地よい午後のひと時を邪魔されたことに、懐王が少しばかり腹を立てた。これも、懐王を怒りやすくするための、張儀が伝えた方策の一つだった。

「実は……」

　そう言うと、靳尚は一度言葉を濁らせ、それからまた話し出した。

「左徒が畏れ多いことを申しております」と言って、靳尚が懐王を見上げた。

「左徒がどうしたと言うのだ」

　懐王が鋭い視線を靳尚に向けた。

「はい、左徒が言うには、陛下は令に関して何もわかっていないと言うのです。自分がいなければ、我が国では何一つまともな令は創れないだろう、とも言っております」

靳尚の話を聞いて、懐王の顔が不愉快そうに歪んだ。

「上官大夫、その話は真か」と懐王が靳尚を厳しく質した。

「真でございます」

靳尚が床にひれ伏した。

懐王が無言で不愉快そうに立ちあがると、左房を出て行った。立ち去る懐王を見た靳尚が、狡猾《こうかつ》そうな笑いを顔に浮かべた。

左房を出た懐王は憤懣《ふんまん》遣《や》る方がなかった。あれだけ目をかけていた左徒に、裏切られた気持ちでいっぱいだった。

——左徒は何故そんなことを言うのだろうか。左徒をどうしてくれよう。

懐王はそう怒りに襲われて、冷静な気持ちになれなかった。こんな時の懐王は鄭袖に会わずにいられなかった。

鄭袖に慰めてもらおう、と懐王は思った。

懐王の足はそのまま奥へと向かった。懐王が鄭袖の房の扉を開けた。開けて、懐王は驚いた。鄭袖が涙を流していたのだ。

「どうした、鄭袖。何があったのだ？」

「あっ、陛下。聞いてくださいい、左徒が陛下のことを何もできない愚王だと罵るのです。私は悔しくて、悔しくて堪らず、涙が止まりません」

そう言って、鄭袖が大袈裟に袖で涙を拭った。

それを聞いた懐王の怒りが沸点を超えた。両目が吊りあがっている。あの、魏美人の鼻を削ぐよう命じた時と同じ目をしていた。その様子を上目遣いで見た鄭袖は、こみあげてくる笑いを嗚咽に変え、涙を流し続けた。

「許さぬぞ、左徒」と懐王は怒鳴り、房を飛びでると再び明堂へ向かった。

王宮の回廊を早足で歩きながら、懐王が令尹《れいいん》を大声で呼ぶ。懐王の怒り声が明堂中に響き渡る。百官や女官たちはそれに震えあがり、ただひれ伏すだけであった。

懐王は鄭袖のことになると簡単に理性が飛び、見境がつかなくなる。張儀が見抜いたように、女性に耽溺《たんでき》しやすい愚かな性格であった。

二

懐王十六年、屈原は靳尚と鄭袖の讒言《ざんげん》により、左徒の職を解かれ、楚の北限の地へ配流された。

華々しく明堂に登場してからわずか七年、屈原の明堂生活は儚くも散る。屈原には極めて高い実績がありながら、懐王は屈原を躊躇することなく退けた。それが楚にとってどれほどの損失であるのか。懐王はそんなことさえ気づかないほど凡庸だった。

屈原にとってこれが初めての配流となった。のちの時代に入り、この時の屈原の気持ちを代弁して、『惜往日《せきおうじつ》』という、一見すると屈原風の辞《じ》が他人の手によって創られることになる。そこにはこううたわれていた。

哀れなり
かつて王に信任され〈兮〉
勅命を受けて時の政治を行う
先祖の偉業のもと民を照らし〈兮〉
法令の疑わしいところを正す

国は豊かで強くなり法は正しく行われた〈兮〉
私に政道を任せ王は日々を楽しんだ

機密はひとり私の胸に納め〈兮〉
私に過失があっても罪には問われない

私は清廉潔白で機密を漏らさない〈兮〉
だが偽りを好む人々から妬まれた

王は私に怒りを抱き〈兮〉
事の真実を見ようとしなかった

私を讒言する人々は王を騙し〈兮〉
惑わせて偽りを真実と思わせた

王は真実を知ろうとせず〈兮〉

私を遠方に流し気にもかけない

この辞には、屈原の置かれた状況とその時の感情が余すことなく綴られていた。こうして、屈原は王宮から追放された。極めて残念なことだが、懐王のこの決定に対して、それを諫める百官は誰もいなかった。ただ、叔父の屈匄《くつかい》だけが悔しさに唇を強く噛み、それを耐え忍んだ。

屈原追放の知らせは、靳尚によってすぐに張儀のもとへと届けられた。それを聞いた張儀が、自分の首に手を当てて、涙を流しながら大声で笑った。

——これで自分の首が助かった。自分はまだまだ三皇《さんこう》に見放されていない。これからも、自分の知略を世間に見せつけることができる。この口さえ無事ならば、私は何でもできるのだ。楚には決して許せない令尹がまだ残っている。その男共々、必ずや楚の国を滅ぼしてみせる。

張儀はそう思い、高笑いを続けた。

三

屈原は郢《えい》から遙か遠く離れた北の地へ、軒車《けんしゃ》で流れていく途中だった。広大な領土を持つ楚では、馬車と船が重要な交通手段となっていた。馬車は様々な種類に分かれており、庶民が乗る普通の馬車、役人などが乗る天蓋《てんがい》のついた軺車《ようしゃ》。さらに、王族・公族が乗る軒車などがあった。

軒車は四方が螺鈿《らでん》細工の施された木材で覆われており、その上に天蓋がついている。屈原の乗る軒車にも瀟洒《しょうしゃ》な細工が施されていた。その軒車に付き添うのは、汪立《おうりつ》ほか数人の者たちが乗る馬車一輛だけであった。ほかの家人はすべて汪立が暇を出し、屈邑《くつゆう》へと帰らせた。

揺れる軒車の中で、屈原は黙々と筆を走らせていた。辞を書くという行為だけが、屈原の悲しみや怒り、悔しさを癒やしてくれた。

　王を惜しみ黙って憂いていたが〈兮〉
　いま怒りをもって真実を述べる

もしそれが忠義の言葉でなければ〈兮〉
蒼天《そうてん》に誓って罰を受けよう

讒言され、追放されたことに対して、いままで黙って耐えてきたが、ついに屈原の我慢が限界を超えた。屈原は配流されるような罪を犯してはいなかった。それなのに讒言され、こんなにも惨めな立場に追い込まれている。その無念な思いが、激しい糾弾の言葉となって、屈原から発せられた。

忠誠を尽くして王に仕えるが〈兮〉
百官から迫害され忌み嫌われる

他人に媚びず真実を語ってきたのは
賢王が知ってくれると思ったからだ

屈原はいままで身を粉にして、懐王に忠誠を尽くしてきた。その屈原が懐王を揶揄することなどあり得なかった。それなのに懐王は真実を知ろうともしないで、屈原を追放した。

屈原にはそのことが一番悔しかった。

屈原の怒りはやがて悲しみに変わり、それらの気持ちが、次第に諦めへと収束していく。

屈原はただ自分への理解者を求めて、言葉を綴るだけだった。

私は問う
身が危うく孤独のままに
王から離れるのだろうか〈兮〉

大神は言う
王は思い慕うだけで頼りにしてはいけない
百官は金をも溶かす口を持っている〈兮〉
それだからこんな酷い目にあう

屈原の心はどんどん思考の迷路へと誘い込まれていった。これからは、屈原を讒言した者たちと交わって、同じような汚れた生き方をした方が得策なのか。そうすれば、屈原は懐王や百官から疎まれずに済むだろう。
屈原の心は千々《ちぢ》に乱れる。だが、すぐに屈原は理性を取り戻した。人は汚れた生き方を、決して行ってはいけないのだ。その強い思いの中で、屈原の口から後世に残る名言がほとばしった。

羹《あつもの》に懲《こ》りて膾《なます》を吹《ふ》くという〈兮〉
それなのにあなたは志を変えようとしない

羹とは魚や鳥などの肉と野菜を入れて、煮込んだ熱い汁のことである。また、膾は魚介類を生のままで細く刻み、酢で和えたものを指す。つまり、「羹に懲りて膾を吹く」とは、熱い汁で火傷をした者は、冷たい膾でさえ吹いて食べる、という意味になる。

――自分は心から懐王に忠誠を尽くしてきた。ところが、讒言によって、自分は簡単に追放されてしまった。人は火傷をしないように冷たいものでさえ、吹いてから食べるのに、自分はどうして生き方を変えようとしないのだろうか。
屈原はそうした思いをこれらの言葉に込めたのである。

郵便はがき

料金受取人払郵便

新宿局承認

2525

差出有効期間
2025年3月
31日まで
（切手不要）

160-8791

141

東京都新宿区新宿1－10－1

(株)文芸社

愛読者カード係 行

ふりがな お名前		明治 大正 昭和 平成	年生
ふりがな ご住所	□□□-□□□□		性別 男
お電話 番 号	（書籍ご注文の際に必要です）	ご職業	
E-mail			
ご購読雑誌（複数可）		ご購読新聞	

最近読んでおもしろかった本や今後、とりあげてほしいテーマをお教えください。

ご自分の研究成果や経験、お考え等を出版してみたいというお気持ちはありますか。

ある　　ない　　内容・テーマ（

現在完成した作品をお持ちですか。

ある　　ない　　ジャンル・原稿量（

名			
上 店	都道 府県　　　　市区 郡	書店名	書店
		ご購入日	年　月　日

をどこでお知りになりましたか?

書店店頭　2.知人にすすめられて　3.インターネット(サイト名　　　　)

)Mハガキ　5.広告、記事を見て(新聞、雑誌名　　　　)

質問に関連して、ご購入の決め手となったのは?

タイトル　2.著者　3.内容　4.カバーデザイン　5.帯

の他ご自由にお書きください。

(　　　　)

こついてのご意見、ご感想をお聞かせください。

容について

ー、タイトル、帯について

弊社Webサイトからもご意見、ご感想をお寄せいただけます。

ありがとうございました。

いただいたご意見、ご感想は新聞広告等で匿名にて使わせていただくことがあります。

の個人情報は、小社からの連絡のみに使用します。社外に提供することは一切ありません。

のご注文は、お近くの書店または、ブックサービス(0120-29-9625)、

ンネットショッピング(http://7net.omni7.jp/)にお申し込み下さい。

勿論、これは反語である。生き方を決して変えようとしない自分を、非難しているのではない。たとえ、自分は何度、火傷をしても構わない。自分の正しい生き方だけは絶対に変えない。屈原はそう宣言したのだ。

この「羹に懲りて膾を吹く」という句は、その後、用心し過ぎて無意味な行動をしている言葉として、永く使われることになる。

屈原が辞を書き終えると、そこに『惜誦《せきしょう》』という題名をつけ、静かに筆を擱《お》いた。惜誦とは、「惜しみながら、辞を書く」という意味である。この場合の惜しむとは、懐王のことを残念に思うということだった。

四

懐王十六年（紀元前三一三年）、屈原の追放と入れ替わるようにして、楚の明堂に、あの張儀が姿を現した。

実は、これには伏線が張られていた。張儀は秦の恵文王と共に謀り、恵文王が張儀を宰相から罷免したと内外に公布させていた。ほかの国の人々に、張儀が秦から退けられたと思わせるためであった。

楚の懐王はそれを信じ、名高い張儀が自分を頼って楚に来た、と大いに喜んだ。明堂で懐王に深々と礼をした張儀が、いきなり切りだした。

「秦の恵文王が、もし楚が斉と断交するならば、国境地帯の商於《しょうお》の地六百里を楚に割譲する、と言っております」

「真か」

懐王が身を乗りだした。

秦と戦わずして領土が手に入る。懐王にとって、こんな嬉しい話はなかった。

「真です。さらに恵文王は、楚が斉と関係を完全に絶てば、秦の王女を陛下に嫁がせるとも言っています」

この駄目押しが効いた。

懐王は、領土のほかに秦の王女も手に入ると聞いて、本気で喜んだ。

——秦の王女とは、どのような女性なのだろうか。きっと、もの凄い美人に違いない。

懐王はそう思い、話の興味がそちらの方に惹かれた。何故、秦がそんな提案をするのか、という本質的な疑問から目を逸らしてしまった。

女性に耽溺しやすい懐王の弱点を突いた、張儀の見事な策略だった。それと気づかず、懐王だけでなく、楚の百官も張儀の提案をみんなで祝った。ただ、食客の陳軫《ちんしん》だけはそれに反対した。

陳軫とはあの蛇足の逸話で、楚の令尹であった昭陽《しょうよう》を説得した縦横家である。この時、陳軫は懐王の食客として楚に寄宿していた。

陳軫は浮かぬ顔で張儀の提案を聞いていた。そして、張儀が一旦、明堂を下がると、懐王の前に進んだ。

「秦は信用できません。特に、張儀の口は信じてはいけません。そこで、表向きは斉と断交したように見せかけ、商於の地が手に入ったのを確認してから、斉と断交した方がよいと思われます」と陳軫が進言した。

陳軫の本心は、秦王よりも張儀の方が信用できないと思っていた。同じ縦横家として、張儀のことは誰よりもよく知っている。張儀の言葉には誠意や真実など、何一つ存在していない。

しかし、領土と王女という、二つの欲に目が眩んだ懐王には聞く耳がなかった。また、陳軫の言葉に賛同を示す百官もいない。屈原が去りし後、楚の明堂には本当の賢人が誰一人もいなかった。

懐王はすぐに張儀を楚の令尹に任命し、斉との国境を閉鎖した。それから、張儀を秦に赴かせた。

暫くして、懐王は秦にいる張儀のもとへ使者を送った。ところが、張儀は車から落ちて怪我をしたと言って、三ヶ月もの間、姿を見せない。そのことに懐王は焦った。

――このままでは領土も王女も手に入らない。おそらく、秦王が楚と斉との断交が不十分だと考えているのだろう。もっと斉との断交を明確にして、それを秦王に知らせるしかない。

懐王はそう判断した。

懐王が臣下の中から命知らずの勇者を選別し、斉へ派遣した。そして、その勇者に斉王のことを酷く罵らせた。

斉王は思いもよらぬ楚からの侮蔑に怒った。懐王に感謝されても、罵られる謂れなどない。その結果、楚と斉との同盟は壊れ、修復できないものとなった。ただ、斉王は賢王だったので、使者として斉に遣わされ、斉王のことを激しく罵った楚の勇者を、そのまま楚へ帰らせた。悪いのは懐王であって、勇者ではなかったからである。

斉が楚と関係を絶ったことを確認した張儀が、ようやく楚からの使者と面談した。張儀を前にして、楚の使者が口を開いた。

「楚と斉との断交が成立しました。お約束の六百里と王女様を楚にお渡しください」

その言葉を聞いた張儀が大きく首を捻った。

「はて、六百里とは何のことでしょうか？」

「秦が楚に割譲をお約束した土地のことです」

「何かのお間違いでしょう。確かに、私は自分の持つ領地の六里を献上すると言いましたが、それがいつの間にか六百里に変わるとは……。悪い冗談です。第一、私のような身分の低い者が、六百里もの領地を持っているわけがありません。考えれば、子供でもわかることです」

そう言って、張儀が声高らかに哄笑《こうしょう》した。

楚の使者が体を震わせて唇を噛んだ。使者はすぐに楚へ戻り、事の子細を懐王に報告する。

「おのれ、張儀の奴。八つ裂きにしてやる」

自分が騙されたと知った懐王は激しく悔しがった。だが、それは後の祭りだった。もはや、貰うはずの領土や王女だけでなく、重要な斉との同盟も元に戻らない。秦王や張儀に対する怒りだけが、いつまでも赤々と燃え盛って、懐王の心の中に残った。懐王は悔しさに身悶えしながら、その年を越えた。

五

翌年（紀元前三一二年）、懐王は最も信頼する莫敖《ばくごう》の屈匄を大将軍に任命し、十万の大軍を授けて、秦の討伐へ向かわせた。張儀や秦王から与えられた恥辱をそそがぬわけにはいかなかった。

一方、秦では魏章《ぎしょう》を総大将とし、参謀の樗里疾《ちょりしつ》や若い将軍の甘茂《かんも》ら、当時の秦における最高の人材を総動員し、さらに韓とも連合して、楚を迎え撃つことにした。

秦は楚に比べて人材が豊富だった。総大将に任命された魏章は秦の宰相で、大将軍だった。秦の国にとって最高の家臣である。樗里疾は恵文王の異母弟で、知恵者として名が通っていた。甘茂は期待の若手武将である。勇猛果敢で広く知られていた。この三人が知恵と策略を巡らし、丹陽《たんよう》の地に陣を敷いて、楚軍を待ち受けた。

一方、楚の大将軍屈匄は、大きな精神的重圧に押し潰されそうになっていた。甥の屈原は追放され、楚の国と懐王は張儀の口先に翻弄された。いまの楚は恥辱に塗《まみ》れている。この状態を好転させるためには、自分が秦に大勝するしかなかった。

屈匄の眼下には丹水《たんすい》と淅水《せきすい》が交わる平野が広がっている。そこに秦の軍勢が鶴翼《かくよく》の陣を敷いていた。その数は屈匄が想像していたより少なかった。おそらく六、七万人である。こちらの三分の二程度の兵力であった。

よく見ると、秦の陣は二重になっており、鶴翼の陣の真後ろに総大将の魏章の円陣が見えた。鶴翼の前陣は向かって左翼が樗里疾、右翼が甘茂の陣となっている。わずかではあったが、樗里疾と甘茂の陣の繋目がやや手薄に見えた。その手薄な部分のすぐ後ろに、魏章の円陣が敷かれていた。そこの間隙を上手く突けば、魏章を討ち取れる可能性が高かった。兵は楚軍の方が遙かに多い。さらに、楚の騎馬は秦より遙かに迅速だった。たとえ、秦軍の弱点を楚の兵馬が急襲しても、楚軍が囲まれることは考えられなかった。

敵の陣の弱点が見えた。これなら勝てる、と屈匄は思った。

すぐに、屈匄が楚の陣形を魚鱗の陣に変えた。変えると同時に、大銅鑼《おおどら》を鳴らす。それを合図に楚の全軍が一斉に攻撃を開始した。屈匄の騎馬隊を先頭にして、楚の兵士たちが秦の陣を錐揉みのように抉る。秦の陣形は大きく崩れ、その陣に大きな穴が開いた。屈匄の眼前に魏章の姿が見えた。

――勝った。

屈匄はそう思った。

その瞬間、屈匄の体が前のめりになり、馬から放りだされた。秦の前陣と魏章の円陣との間に、深い陥穽《かんせい》が掘られていたのだ。屈匄が乗っていた名馬が、その穴に気づき、直前で立ち止まって屈匄を振り落としたのである。しかし、ほかの兵馬たちは、その穴へ向かって勢いよく落ちていった。穴底には無数の槍が穂先を上に向けて埋められていた。そこへ楚の兵士や馬たちが次々と飛び込み、皆、串刺しとなる。大きな悲鳴が穴中に鳴り響き、血しぶきが舞って、穴底は阿鼻叫喚《あびきょうかん》の様相を呈した。

楚軍はまさに〝陥穽に嵌《はま》った〟のである。戦いは秦軍による楚軍への殲滅戦《せんめつせん》と変わった。楚軍の兵士八万人が斬首され、屈匄をはじめ百人近い楚の将校が捕虜となった。生き残った楚の兵士たちは散り散りになりながら、やっとの思いで、楚へ逃げ帰った。

勢いに乗った秦軍はそのまま楚の漢中《かんちゅう》を攻めて、その地を略奪し、そこに秦の漢中郡を設置する。さらに、捕虜にした屈匄や将校たちを直ちに処刑した。

楚軍惨敗の知らせは、瞬く間に楚の明堂やほかの五ヵ国へ届く。それを聞いた懐王は落胆すると同時に怒り狂った。

——こうなれば、自らが軍を率いて秦を下す。それ以外に方策はない。

懐王はそう考えた。残念なことに、いまの楚には、それを諫める百官も、ほかの献策を進言する武将もいなかった。

懐王が国中に徴兵をかけ、二十万という大軍を組織する。懐王自らがその大軍を指揮し、秦に向けて出陣した。懐王が考えた作戦は、丹水を北上して、秦の武関《ぶかん》を抜く戦略であった。

秦の領土は「関中」と呼ばれており、四方を険しい山で囲まれた渭水盆地にあった。そこに四関が造営され、それぞれ、東が函谷関《かんこくかん》、西が隴関《ろうかん》、南が武関、北が蕭関《しょうかん》と呼ばれている。その南の武関を抜き、秦の王都の咸陽《かんよう》へ迫ろうという作戦であった。

懐王に率いられた楚軍はよく戦い、咸陽近くの藍田関《らんでんかん》にまで迫った。そこを守っていたのが秦の樗里疾である。

樗里疾は楚の大軍が横に伸びているのを見て、車掛《くるまがかり》の戦術を取った。樗里疾麾下《きか》の各部隊が、伸びきった箇所の楚軍を少しの間だけ攻撃しては退く、という戦術を繰り返し、楚軍の兵馬を削っていく。やがて、楚軍は防戦一方になり、進軍が停止してしまった。

秦にとって、貴重な時間的余裕が生まれた。この時間を使って、秦の恵文王が張儀を韓へ派遣して、策略を巡らした。

張儀の策略に基づき、韓の軍勢が楚の鄧城《とうじょう》を奇襲する。鄧城は楚の副都である鄢城《えんじょう》に繋がる最重要拠点であった。楚にとって、ここを韓に奪われるわけにはいかない。その報告を受けた懐王はすぐに軍を引き返し、楚へ戻らざるを得なかった。

懐王が全軍に秦からの退去を命じた。もしこの時、懐王が賢王であったならば、軍勢の半分を秦に残して撤退したことだろう。楚軍は大軍であったから、半分の軍勢でも、追っ手の秦軍を充分に防げたと思われる。また、楚へ侵入した韓軍を追い払うには、残り半分の楚軍でも多過ぎたはずだった。しかし、懐王は全軍を退却させてしまったのである。

樗里疾はこの好機を逃さなかった。退却する楚軍を追って楚の国境まで近づき、さらに楚の領土を侵略し始めた。そこで、楚軍は慌てて引き返し、秦軍と戦ったが、壊滅的な敗北を喫してしまう。そのため、懐王は秦に和解を申し出るしか、為す術がなかった。その和解の条件として、楚は二つの城を秦に割譲した。楚の完全な敗北であった。

秦では樗里疾がこの戦功により侯に封ぜられる。こうして、秦は楚の領土を手にし、張儀は楚に対する永年の恨みを晴らすことができた。それも、張儀の謀略によって、屈原を失脚させられたからこその成功であった。もし、屈原が懐王の側にいたならば、張儀の計略は何一つ上手くいかなかったことだろう。

楚の人々は皆、「ああ、左徒様がおられれば、こんなことにならなかったのに……」と言って、嘆き悲しんだ。

第六章　離騒《りそう》

一

北限の地で、屈原《くつげん》はもうすぐ三十歳を迎えようとしていた。

孔子は「三十にして立つ」と言った。立つとは自分の哲学を確立し、自立するという意味である。

では、屈原の哲学とは何か。

屈原にとっての哲学とは、楚人が楚《そ》を限りなく愛し、みんなが清廉潔白な生き方をして、楚を豊かにする、そのことを手助けすることであった。また、その哲学は屈原の生き方だけでなく、屈原が表現する辞《じ》の中にも流れていなくてはならないと思っていた。

――孔子は三十歳で道を極めた。それなのに自分は何をしているのだろうか。讒言《ざんげん》によって懐王《かいおう》に疎まれて、楚の明堂《めいどう》を追放された。その恥辱を晴らすこともできず、そうかといって、辞の研鑽《けんさん》も進んでいない。これではいけない。

屈原はそう思い、自分を奮い立たせようとした。

いまの屈原の胸中には、自分が讒言によって追放された悔しさと、楚が衰退していく哀しさとが混在していた。しかし、楚の人々に明日の希望を与えるためには、屈原が言葉として発信していくことが必要である。そのためには辞の世界を完成させなくてはならなかった。

たとえ、どんなに戦いで楚が敗北しても、楚の文化や言葉は失われない。それが残ってさえいれば、楚や楚人はいつでも復活できる。辞という創作手法を確立することで、楚の文化をこの大陸に永遠に遺すことが可能だった。屈原はいまこそ、自分がその役目を果たさなくてはならないと思った。

屈原はいままで自分が記してきたすべての辞を、冷静に見つめ直してみた。すると、あることに気づいた。『天問《てんもん》』『橘頌《きっしょう》』『九歌』——これらはいままであった興《きょう》や頌《しょう》などの統一化、体系化を目指した作品だった。勿論、そこには屈原の哲学が投影されており、おそらく屈原でなければ為し得なかっただろう。

ただ、言葉の始まりから終わりまで、すべての句の言葉が、屈原自身で生みだしたものではなかった。さらに表現化された世界が、屈原の心のすべてを言い表してもいなかった。借りてきた世界で言葉を紡いでいるような、居心地の悪さが屈原の心の中に、かすかではあるが残っていた。

——すべてが自分の世界で、すべてが自分の言葉で、辞を創りたい。

屈原は強く思った。また、それこそが、辞の集大成となるものだと考えた。

屈原は南方の巫風《ふふう》だけでなく、北方の賦《ふ》や比《ひ》でもない、屈原独自の視点と哲学に基づく辞。それを書きたいと心から思った。そして、それこそがいまの自分の義務であり、そのための時間を三皇《さんこう》から与えられたのだと考えた。

二

独創性の高い、屈原だけの辞を残そうと考えた屈原は、極めて斬新な表現手法による辞の創作を目論んでいた。その表現手法とは次のようなものだった。

屈原は作品内に自分の姿を模した、一人の主人公を登場させようと思っていた。そして、その主人公が自分の思いを語る形式で、一篇の辞を書き進めようと考えたのだ。それは、現代でいうところの、私小説の書き方であった。何と、紀元前の遙か昔、屈原は私小説を書こうと意図していたのである。天賦の才能とは、こういうことをいうのだろう。

——主人公の名は正則《せいそく》、字を霊均《れいきん》にしよう。

屈原はそう決めた。

この名前の決定にも、屈原の深い意図が隠されている。名の正則は、自分が正しい生き方に則って生きてきた、という宣言であった。字の霊均は、自分が神々や霊との交流を行う、巫風の正当なる継承者であることを意味していた。

さらに慎重に作品全体の構成を練った。そして、作品全体を三部作にすることにした。その第一部は、霊均の生誕からの半生を描き、その生き方や哲学などを明らかにする。勿論、いうまでもなく、霊均とは屈原自身のことである。

第二部では、霊均が政治の舞台から追放されてしまう。しかし、国や為政者にとって、果たしてそれが正しい判断だったのか。そのことを人間ではなく、天界の神々に判定してもらうことにした。つまり、より客観的な立場からの判断を屈原は求めたのである。

そして、第三部では、霊均が神々の判断を受けて、再び地上に戻る。そこで、自分の歩むべき道を改めて巫《ふ》に問い、その神託に沿って、これからの人生を生きていこうとする。

そのような三部作にしよう、と思い、その構想が定まった。

三

第一部の書き出しは、屈原が兼ねてから書き残したいと思っていた内容だった。それは、屈原と屈原が尊敬していた亡き父親との関係である。

屈原が筆を手にして、最初の句を書き始めた。

帝顓頊の末裔で〈兮〉
私の立派な父は伯庸という

寅年の初春の寅の月〈兮〉
庚寅の日に私は生まれた

父は初めて私の姿を見て〈兮〉
縁起のよい名前をつけた
名を正則といい〈兮〉
字は靈均という

屈原はここで小さな工夫を取り入れた。それが兮《けい》の配置場所である。『橘頌』では偶数句の終わりに、『九歌』ではすべての句の四文字目に兮を配した。それをこの辞では、兮を奇数の句の終わりに配した。それには、屈原のこの作品に対する強い意気込みが影響していた。奇数句の終わりに兮を入れることで、自分の言葉の強さを印象づけようとしたのである。

兮は声に出して読まない文字だが、屈原の頭の中では、常に弦鼗《げんとう》を指で弾く音が鳴り響いていた。屈原には兮の置かれる位置によって、句の持つ意味の強弱が変化して聞こえた。たとえば、偶数句に兮を入れれば、その前の句と共に言葉が区切れ、言葉全体に余韻を持たせる効果がある。だが、奇数句に兮を入れると、次に続く句の持つ意味が強く感じられた。

兮の持つ効果を確認した屈原が満足そうに頷き、筆を進めた。

書き進めていく辞の中で時が進む。やがて、優れた才能と資質を持つ霊均が周囲から嫉妬され、周りからの讒言によって王に疎まれて追放される。屈原はその経緯を丁寧に書いていく。

私は諫言が身を滅ぼすことを知っていた〈兮〉
だが止むに止まれずそれを行った

何が正しいかは九天を見れば明らかだ〈兮〉
これはただ王を思って行ったことなのだ

霊均の行いは私利私欲ではなく、正義からの言動である。屈原はそのことを綴った。綴りながら、屈原の両眼から涙が零れ落ちた。それは追放された悔しさからではない。そんな思いはすでに消え去っていた。屈原の涙は懐王を思ってのことだった。懐王の周りには有能な人材があまりにもいない。奸臣《かんしん》や佞臣《ねいしん》が多過ぎるのだ。それが原因で、懐王の治世が左右され、方針がころころと変わる。それは楚の人々や懐王のためにならなかった。屈原はその現実を嘆き、哀しみの涙を流したのである。屈原が泣きながら言葉を紡ぐ。

黄昏《たそがれ》に来ると王は言っていたのに〈兮〉
途中で道を変え心変わりする
初めに私と約束していたのに〈兮〉
のちに約束を違える
私はそんな王に捨てられてもよい〈兮〉
王がしばしば心変わりすることを悲しむ

こうして屈原が思いを綴り、ようやく第一部が完成した。それは一句から一二八句に及ぶ、非常に長いものとなった。
屈原がふっと息を一つ吐いた。

四

屈原の創作が第二部へ入った。

——霊均の言動や生き方が正しかったのか、それとも間違いだったのか。それを天帝に判断してもらう。

屈原はそのことを書くことにした。

屈原はまず、霊均が〝天界遊行《てんかいゆぎょう》〟を試みることを思い立つ。この天界遊行そのものを一言で説明するのは極めて難しい。

霊均が神々の住む天界を実際に訪問し、様々な神々と直接対話する。屈原はそのような光景を想像していたのかも知れない。それは、楚では突拍子もない考え方ではなかった。楚には巫風によって、人が神託を受けるという風習が存在している。その延長線上に、直接神々と会話できる、天界遊行という発想があっても不思議ではなかった。

ただ、天界遊行を行うとしても、歌謡内容によって、様々な様式が考えられた。屈原はその様式も、この作品を契機にして統一化しようと考えた。

屈原が最初に考えたのが、天界に行くための乗り物である。この乗り物をどうするのか。

屈原には予め決めていた様式があった。その乗り物が、夜と昼の間を行き来する〝月の馬車〟だった。天界へ行くための最適な乗り物として、屈原にはこれしか考えられなかった。

これに統一しよう、と屈原は強く思った。

月の馬車に乗って移動するためには、その馬車をひく御者が必要であった。その御者には望舒《ぼうじょ》を充てようと考えた。望舒とは月で車を操る女神で、月の神とされている。月の馬車と望舒の組み合わせ。それは極めて美しく、清楚でもある。空に浮かぶ青い月に相応しい、美しい配役といえた。

だが、それだけでは足りなかった。天界を移動するには、ほかの神々の加護も必要となる。風の神である飛廉《ひれん》。雷の神である雷師《らいし》。屈原は彼らの協力を求めた。この二神は天界のあらゆる災害に対処する神々である。そのほかにも、遊行している霊均を護ってくれる護衛や道案内が必要だった。その役割を、屈原は鸞《らん》と鳳凰に担わせる。こうして、天界遊行の様式を次々と決めていった。

——これで準備は万全だ。

次なる課題は、それらの登場人物をどのように表現するかであった。屈原は慎重に考慮を重ね、筆を走らせた。

望舒を先頭にして馬車を走らせる〈兮〉
風の神飛廉が後ろからついて来る

鸞と鳳凰が私のために先陣を切る〈兮〉
雷師が私に準備不足だと忠告する

私は鳳凰を呼び飛翔させる〈兮〉
日夜を問わずそれについて行く

——上手く書けている。

屈原はそう思った。

ところが、書いているうちに、屈原は少し不安になった。誰の紹介もない霊均に、果たして天帝は会ってくれるのだろうか。そのことに屈原は疑問を覚えたのである。

この迷いが屈原の筆の行き先を変えた。こうした変容は、表現者にとって一般的によく見られる傾向だった。書いているうちに、最初に決めた方向と異なる行き先に到達することがよくあった。表現は生き物である。その時々の思いによって、その表情が刻々と変わる。それに合わせて、筋も脈絡も変わることが往々にしてあるのだ。そこがまた、表現の面白さだった。

私が天門を開けさせようとすれば〈兮〉
門番は門に寄りかかり私を見るだけだ

一日が次第に暮れかかり〈兮〉
私は幽蘭《ゆうらん》を結んで憂鬱に佇む

世間は汚れ善悪も区別されない〈兮〉
天界さえも人の美徳を嫉妬するのか

地上の王宮を讒言によって追放された霊均が、天界においても受け入れてもらえない。そんな理不尽に霊均は心を痛ませ、苦しみ悶える。二つの世界における挫折の悔しさが、屈原の胸を強く打つ。書き終わってみれば、無念の思いだけが残る句となっていた。

天帝に受け入れてもらえなかった霊均は、一体どこへ向かえばよいのか。屈原はその行き先を求めて、様々に考慮する。最後は、やはり理解者を求める旅になるしか考えられなかった。屈原はそれを美しい女性に託してみたいと思った。これは、ひょっとしたら、屈原の結婚願望の顕れであったのかも知れない。

意を決した屈原が筆を手にした。

霊均が自分への理解者となる結婚相手を求める。その婚姻の対象者は、宓妃《ふくひ》、有娀《ゆうじゅう》の女、有虞《ゆうぐ》の二人娘など、複数の女神が候補となった。しかし、残念なことにその願いは叶わなかった。霊均はすべての女神に拒絶されてしまう。

屈原はこの婚姻相手を探し、拒絶されるという旅に、現実の政争で破れて配流された自分自身の姿を重ねたといえる。そして、その中で、自分が明堂へ戻れる可能性を探ったのであった。

理屈は弱く仲人は拙い〈兮〉
導く言葉の不確かさを恐れる

世間は汚れ濁り賢い者を妬む〈兮〉
好んで清廉を隠し醜さを称える

一二九句から書き始めた第二部は二五六句にまで及んでいた。どれだけ言葉を尽くしても、屈原の思いは書き足らなかった。だが、いつまでも悔しさの言葉を書き連ねても仕方がなかった。

第二部はここまでだな、と屈原は思った。

気がつけば、この第二部はいまの世の乱れを象徴させる内容となっていた。果たして自分の本意を上手く伝えられたのか、屈原ははなはだしく不安になった。ただ、自分の思いだけは充分に表現できたと感じていた。

屈原が静かに筆を擱《お》いた。

五

翌朝になり、屈原は書きあげた第二部を読み直してみた。第二部は比喩性が高く、少しばかり難解な辞になっていた。そのことを屈原は心から反省した。

屈原の表現には極端な二面性が見られることがある。普段は、楚の将来を案じるあまり、直情的な激しい言葉を綴ることが多かった。ところがその逆に、深淵な表現で、難しい比喩を書き並べる時もある。それが屈原の辞のわかりにくさに繋がった。文学的素養の高い一部の人には理解できただろうが、一般の人々には理解し難かった。

——もっとわかりやすく書かなくては……。

屈原は率直な表現を心がけることにした。

そして、第三部を書き始める。

閨中《けいちゅう》はすでに遠のき〈兮〉
聡《さと》き王は目覚めず

王は真実を秘めたまま語らず〈兮〉
私はこのまま永遠に耐えるだけである

屈原がここでうたった閨中とは、ただの寝室のことではなかった。一般的には、閨中とは女性の寝室を意味していた。だが、その句の次に王、即ち懐王を配することで、閨中という言葉の中に諸外国という暗喩を籠めたのである。それにさえ気づけば、第二部における霊均の婚姻活動とは、楚を救うため屈原が行ってきた、外交活動を比喩していることがわかる。

また、婚姻活動に失敗したということは、楚の外交が失敗し、窮地に陥っているということだった。それなのに懐王はそのことに気づかず、佞臣たちの声にだけ耳を傾けている。正しいことを話している屈原は顧みられることなく、その人生を終わろうとしている。

読み手がそのことに気づくよう、屈原は第三部の初めをわかりやすい言葉で記したのだ。つまり、第三部の冒頭で、第二部の種明かしをして、第二部のわかりにくさを解消させようとした。

――書き出しはこれでよい。ただ、次はどうする。どう展開させればよいのだ。終わりはどうしたらよいのだろうか。

屈原はそう思いながら、悩んでいた。

特に、第三部の終わりが見えなかった。そこで霊均の将来を巫に占わせるという、楚の古典的な巫風に託す方法を採用してみた。

巫は霊均に対して、さらに遠くまで行き、女性を探すように告げる。勿論、ここで言っている女性とは、どこかに存在しているだろう賢王のことである。

——だが、この選択は果たして正しいのだろうか。

屈原は句を書きながら、自分の選択に疑問を持った。

自分はこのまま楚に留まるべきなのか。あるいは、自分を認めてくれる賢王を求めて、楚を出国すべきなのか。それとも、縦横家《じゅうおうか》のように、自分の主張を認めてくれるだけの王を求めて、諸国の間を遊説することが正しいのか。その生き方に迷っていた。

いまの屈原にはどのように考えても、的確な結論が見いだせなかった。自分が一体どこへ向かえばよいのかを悩み続け、心が激しく揺れた。

その迷走する状態を、言葉として丁寧に拾いあげ、語句として記していく。その時、突然、脳裏に楚の風景が浮かんだ。その風景が心を強く捉えて離さない。その思いを素直に言葉として綴った。

光輝く天空の道を登れば〈兮〉
ふと故郷が見下ろせた

御者も馬も悲しみ故郷を懐かしむ〈兮〉
幾度となく振り返っては進もうとしない

この句を書いて、屈原の筆が止まった。胸がいっぱいになり、もうこれ以上、書くことができなかった。

――自分は生粋の楚人なのだ。何があっても、愛するこの国を捨てるわけにはいかない。

屈原はそう思い、ここがこの作品の終着点だと感じた。

これですべての創作を止めてもよかった。しかし、全体の終わりとして、最後に〝乱〟を記そうと考えた。気づけば、時が深夜を回っている。

乱を書くのは明日にしようと屈原は思い、逸る心を抑えて寝所へと向かった。

六

乱とは作品の全編を総括する結びである。

屈原は頭の中で幾つかの言葉を思い浮かべた。そして、その中から言葉を選んで結論を記した。その内容は極めて厭世観《えんせいかん》に満ちた表現だった。

結びに言おう
いまとなってはどうしようもない
国に人材はなく私を理解する者もいない〈兮〉
どうして故郷を懐かしむことができようか
共によい政治を行う者はすでにいない〈兮〉
私はこれからまさに彭咸《ほうかん》の居る所へ行こう

彭咸とは屈原が理想とする政治家であった。遥か古代の殷《いん》王朝時代（紀元前一五世紀前後）の賢臣である。主君に諫言《かんげん》し、聞き入れてもらえず、川に身を投げて死去したと伝えられている。

屈原は最後に彭咸を例に引き、自分の覚悟を語った。

この時、屈原はまだ彭咸のように、実際に自死しようと思っていたわけではない。ただ、執政家や思想家は、自分の哲学を貫き通すことが最も重要で、そのためには哲学に殉じる覚悟が必要だと思ったのである。

いつの間にか、この作品は一部から乱まで、全三七三句に及ぶ超大作となっていた。屈原はこの三部作と乱を、あえて四つに分けず、一つの大作品として纏めた。おそらく今後、これ以上の作品は、たとえ屈原であっても書けないだろう。屈原にとって本当の集大成となった。

暫くの間、屈原はその完成の感慨に浸っていた。その時、「失礼いたします」と書房の外で声がした。汪立《おうりつ》の声だ。

汪立が入れ立ての茶を持って、書房に入ってきた。室内に茶と生姜の芳しき香りが広がる。

「茶を持参いたしました」

そう言いながら、汪立が屈原に茶を差しだした。

中国における茶の歴史は古い。紀元前二七〇〇年頃から、茶が存在していたといわれている。

後漢時代から三国時代（紀元一世紀から三世紀）にかけて編纂された『神農本草経《しんのうほんぞうきょう》』に、

「神農嘗百草　日遇七十二毒　得荼而解之（神農が百種類の草を嘗めて、七十二種類の毒に冒されたが、茶で以て解毒できた）」と記されている。

神農とは神話時代の神の名前である。炎帝神農とも呼ばれ、人々に農業と医薬を伝えたといわれている。その伝承によれば、神農は木材を用いて農具を制作し、土地を耕作して種を蒔くことを教えたという。また、植物の中から医薬になるものを選別して、それを用いたとされている。

さらに、唐の時代（紀元八世紀頃）の『茶経《ちゃきょう》』には、「茶之為飲　発乎神農氏　聞於魯周公」と記録されており、茶を飲むようになったのは神農氏からで、魯の周公の時に広く知られた、と書かれている。魯の周公とは紀元前一〇〇〇年代の人物である。

いずれにしても、茶は薬草の一つとして紀元前より飲まれていた。その入れ方はいまと大きく異なっている。この当時は茶葉を生姜、葱などの野菜と一緒に水で煮た汁物であった。

屈原がその茶を一口飲むと、体中に爽やかさが染み透った。疲れが一遍に飛んでいきそうだった。

「うまい茶だな」と言い、屈原がその味に感嘆した。

「はい、よい茶葉を使っておりますから」

「いや、それだけでない。茶を煮た者が上手なのだろう」

「はい。下働きの者へ原《げん》様が褒めていたと伝えておきます。きっと喜ぶことでしょう」と言って、汪立が微笑み、「創作は捗っておられますか？」と屈原に聞いた。

「いま、終わったばかりだ。読んでみるか」

そう言いながら、屈原が書き終わったばかりの絹帛《けんぱく》を手に取り、汪立へ渡した。

七

汪立が難しい顔をして屈原が完成させた作品を読んでいた。汪立は読みながら、そのあまりの素晴らしさに深い感銘を受けた。何よりも、全体の構成が秀逸だった。清廉潔白な生き方をする霊均が、奸臣たちの讒言に遭い、何の罪もないのに追放されてしまう。これはいうまでもなく屈原そのものを表現したものである。

追放に苦悩した霊均は神話の世界へと羽ばたき、理解者を求めて飛翔する。天空を、四極を、霊均は駆け巡る。そして、光輝く天空の道を登っていく途中で、ふと下界を覗いてしまう。そこには懐かしい故郷である楚の国が見える。霊均も御者も、馬までもが望郷の念に襲われ、それ以上進むことができなくなる。

国を憂い、王を愛する雄大で浪漫溢れる大叙情詩となっていた。もはや、誰もがたどり着けない高みに屈原は聳《そび》え立っている。だが、終わりがいけなかった。

国に賢人がおらず、自分の生き方を理解してくれる者もいない。共によい政治を行おうとする人間がいないのだ。いまとなってはもうどうしようもなかった。彭咸の居る所、つまり死者の世界へ行ってしまいたい。

屈原はそう書いていた。汪立にはそれが認められなかった。

汪立がわずかに顔を歪めた。

その渋い顔を見て、屈原が口を開いた。

「乱が気に入らないみたいだな」

「はい。私が口出しできないほどの、完璧な作品であることは承知しております。ただ、何故、原様が死者の国を目指さなければならないのか。無知な私には理解できません」

丁寧ではあったが、汪立の口調には屈原を非難する思いが秘められていた。いや、それよりも、屈原を思いやる気持ちの方が強かった。

「それは、自分の哲学に対する一つの生き方を挙げたものだ。人は自分の哲学に殉じることが重要だ。その考えをあくまでも示しただけで、現実に死を求めているわけではない」と屈原が答えた。

その言葉を聞いた汪立が、「本当に現実ではないのですね」と念を押した。

「現実ではない」

屈原はそう答えたが、汪立にはそれが何故だか嘘のように思えて、心がざわめいた。ただ、あまり乱に拘っていると、本当に何か不吉な出来事が起こりそうに感じて、汪立はその話題から避けようと思った。

「ところで原様、この作品にはまだ題名が記されていないようですが」と汪立が話題を変えた。

「気づいたか」と屈原が答えた。

「はい」

「実は、題名を『離騒《りそう》』にしようかと思っている」

「『離騒』ですか?」

「そうだ」と答えた屈原が、大きく頷いた。

この時代の離は〝遭う〟という意味である。騒とは〝憂い〟を指している。熟語のまま捉えれば、〝憂いに出遭う〟ということになるだろう。あるいは、離には〝罹る〟という意味もある。それならば、〝憂いに罹る〟ということになる。

いずれにしても、悩みや憂いに苦しむという意味であった。当然、その最も大きな憂いは、楚の国や懐王に対してであろう。しかし、屈原の言う『離騒』という題名の真意は、それだけではなかった。その裏に、隠された意図が存在していた。

汪立はその裏の意味を探った。おそらく、屈原は騒という言葉に違う意味を、付加させたのではないだろうか。たとえば、騒に客をつければ、騒客となる。騒客は遷客《せんかく》ともいう。遷客とは左遷された人や不遇の人々のことである。騒客は屈原のような、政治から追放された立場の人たちを指す言葉なのだ。

つまり、心に憂いを持つ不遇の人々が集まり、国家や韻文に関して語り明かす。それが屈原の提唱する辞の世界ではないのだろうか。言い換えれば、〝騒人〟の集まりである。だとすれば、屈原の頭の中では、騒とは辞そのものであり、『離騒』とは〝辞に出遭った〟ということを暗示している。この『離騒』をもって、屈原は辞の世界が完成した。そう、高らかに宣言したのではないだろうか。

汪立はそう推測した。

「何かわかったようだな」と屈原が言い、少し笑った。

「はい。騒は単なる憂いに終わらず、憂いを超えた新たな希望になるものではないかと思います」

「相変わらず汪立は鋭いな」

屈原は肯定も否定もせず、そう言って、ただ微笑んだ。

のちの時代になるが、唐の詩人である李白《りはく》（七〇一年〜七六二年）は、『古風』という詩の中で、次のようにうたっている。

正しい詩の発言はかすかにぼやけてしまい
哀切のあまり屈原を思い起こすだけである

李白はここで屈原のことを騒人と呼んでいる。この時代では騒人とは詩人のことであり、その代表が屈原である。つまり、騒とは辞のことであり、のちの〝詩〟のことであった。

さらに時代が新しくなり、北宋の文人、范仲淹《はんちゅうえん》（九八九年〜一〇五二年）は、『岳陽楼記《がくようろうのき》』の中で、次のように記している。

北は巫峡《ふきょう》に通じ
南は瀟水《しょうすい》や湘江《しょうこう》に繋がっている
遷客や騒人
数多くここに集まる

范仲淹は遷客や騒人と言っている。遷客や騒人とは心に憂いを持つ文人や詩人のことである。心に憂いを持つ不遇の人や詩人が洞庭湖《どうていこ》に集まり、文学に関して語り明かしたのに違いない。

屈原にとって、騒は辞を意味しており、現在の詩のことだった。ただ、屈原が生きていた時代には、詩という概念がまだ存在しておらず、それが辞であった。千年の時を超えて、李白や范仲淹の手により、屈原が『離騒』の騒という文字に籠めた、真意が明らかになったのである。

屈原は騒という言葉に辞という概念を隠していた。『離騒』とは憂いに出遭うだけでなく、辞に出会ったという意味も隠れている。それは、屈原が本物の辞を創りあげた、という満足感の顕れでもあった。

そして、最も大切なことが、その辞がこれからの楚人の希望になる。そう明らかにしたことであった。屈原は文学の持つ可能性や存在理由を、早くから気づいていたといえる。

こうして、屈原の代表作『離騒』が完成した。そのことにより、屈原は自分の人生の目的が、ほぼ果たし終わったと感じていた。そのことをいち早く察知した汪立は、屈原の身を心から案じ、未来に不安を覚えた。

第七章　幽閉《ゆうへい》

一

懐王《かいおう》十八年（紀元前三一一年）、新年を迎えても、懐王の心は鬱々として晴れることがなかった。すでに、楚《そ》には秦に対抗できる百官も武将もいない。秦がまた侵略してきたら、懐王にはもう打つ手が何もなかった。

秦だけではない。懐王にとって、秦以外の周辺諸国も信用ができなかった。韓は秦と同盟し、魏も秦の側についている。楚と隣接する西から北西側の、すべての国々が楚と敵対する状況だった。いまの楚は孤立無援である。それを招いた真の原因が懐王の失政であることを、懐王自身は自覚していなかった。

楚にとって、わずかに残る希望は斉《せい》だけであった。だが、その斉とは絶縁状態である。その原因は張儀《ちょうぎ》にあると、懐王は考えていた。懐王は自分の愚かさを顧みないで、張儀のことを深く恨んだ。

斉との関係を何とか元に戻せないだろうか。懐王は日々、そのことばかりを考えていた。斉へ人を派遣し、関係修復を行いたいとも思ったが、その人選に苦慮していた。

誰か適任者はいないのか、と懐王は思った。

その時、懐王はふと思い出した。

――そうだ、楚にはまだ屈原《くつげん》がいるではないか。しかも、都合のよいことに、屈原を斉に近い楚の北限の地に配流した。斉へ派遣するのに極めて好都合だ。

懐王はそう思いつくと、すぐに屈原を復職させ、斉へ派遣する命令を下した。だが、懐王は屈原を左徒《さと》に戻そうとは思っていなかった。二度と政治の中心に屈原を置くつもりはなかったのである。ただ、外交官としては、それなりの官職が必要だった。それがなければ、斉王は屈原に会おうとはしないだろう。そこで、懐王は屈原に〝三閭大夫《さんりょたいふ》〟という、ただの名誉職を与えた。

三閭大夫とは、表向きには王族や公族の子弟を教育する役目であった。しかし、実際には何の権限もない。諸国に対して、屈原が楚の公族である三閭を統括する、極めて高い身分の存在である、という幻想を与えることができれば、それでよかった。懐王にとって非常に好都合の官職といえる。

屈原復職の知らせは、北の大地で晴耕雨読《せいこううどく》に努めていた屈原を大いに喜ばせた。たとえ、与えられた官職が三閭大夫という名誉職であっても、再び楚の政治に関与できる。何よりも、再び懐王の役に立てる。そのことが屈原には嬉しかった。しかも、屈原が最も得意とする外交であり、斉との復交が自分に求められていた。その嬉しさに屈原は心を躍らせた。

その年の春、屈原は高ぶる気持ちを抑え、斉へ入国した。斉王は兼ねてから見知っている屈原を、非常に温かく出迎えた。

二

屈原と入れ違いに、張儀が楚へ向かっていた。張儀は秦の恵文王の密命を受け、懐王を怒らせることを意図して、楚へ入ったのである。恵文王はわざと懐王を怒らせ、楚軍を秦へ侵入させることを狙っていた。

張儀は楚に入ると、懐王の命令ですぐに捕えられた。だが、張儀は余裕綽綽《よゆうしゃくしゃく》だった。そのことはすでに予想の範疇であり、楚の靳尚《きんしょう》に対して、自分を救うように手を打っていたからである。

靳尚が懐王の前で張儀を弁護した。

「もし、張儀を怒りに任せて殺してしまうと、秦王は必ず激怒します。また、張儀を大切にしている韓や魏などの反感も買うことになります。そうなれば、秦や韓、魏などが連合して、我が国に侵略してくるでしょう。いま、我が国にはそれに耐えられるだけの国力や武力がありません。だから、張儀に手を出してはなりません」

靳尚にしては真っ当な意見であった。当然、これも張儀にそう言うよう教えられた言葉である。

すぐに張儀を処刑しようと思っていた懐王は、靳尚の言葉でそれを思い止まった。

靳尚は懐王の前を退くと、今度は鄭袖《ていしゅう》のもとへ行き、次のように話した。

「知っての通り、張儀は秦王の寵臣です。秦王は必ず張儀を救うため、交換条件を持ちだしてくるでしょう。私が聞いたところでは、秦王は絶世の美人を陛下に献上するとのことです。そうなれば、鄭袖様のお立場は危うくなることでしょう」

靳尚の言葉を聞き、鄭袖は魏美人とのことを思い出した。あの時は自分もまだ若く、その美貌にも自信があった。だがいまは、あの時よりも少し老いている。もし、自分よりも優れた美貌の美人が現れれば、自分は間違いなく懐王の寵愛を失うだろう。鄭袖はそのことを恐れた。

――秦王が秦の美人を懐王へ送る前に、張儀を釈放させなくてはまずいことになる。それができなければ、今後、いまの自分の権勢を維持することはできなくなるだろう。

鄭袖はそう思い、すぐに懐王に願いでた。

「お優しい陛下、お願いがあります」

「何だ？」

懐王は寵姫の願い事に相好を崩した。

「はい、お願いとは、張儀を生きたまま釈放してください。張儀を殺せば、必ず楚に禍が降りかかります。その禍が陛下の御身にかからないか、それが心配で私は夜も眠れません」

そう言って、鄭袖が涙を流した。

溺愛する鄭袖に泣かれた懐王は、心が大きく揺らいだ。

――張儀を許してもよいか。

懐王はそう思い始めた。

どこまでも鄭袖に甘い懐王であった。

張儀が楚の明堂《めいどう》内に打った手は、靳尚や鄭袖だけではない。楚にはほかにも親秦派の百官が数多くいた。それらの者たちも、代わる代わる張儀の釈放を懐王に願いでた。

こうした一連の策が功を奏し、ついに懐王は張儀を釈放してしまった。張儀の釈放と入れ替わるように、屈原が斉から帰国した。

屈原は張儀が楚に入国したと聞いて、斉との交渉を中断して、急ぎ帰ってきたのである。ところが、懐王が張儀を解き放ったと知り、驚くと共に激しく落胆した。

「ああ、狐狼《ころう》はすでに野に放たれたか」と屈原が天を仰いで嘆いた。それから、厳しい顔で明堂へ向かった。

屈原は懐王の顔を見て、躊躇することなく諫言《かんげん》した。

「どうして張儀を処刑しなかったのですか。八万を超える楚の兵士と百に及ぶ将校が、みんな首を刎ねられたことを、陛下はお忘れになったのですか。すべてが、あの張儀のせいではありませんか。英霊も国民も、みんな陛下の行いを恨んでおります」

屈原が激しい言葉で言い、懐王に迫った。

その言葉の凄さに靳尚を始め、楚派の百官たちはみな顔を青ざめ、恐怖で身震いした。

屈原の諫言で懐王は目覚めた。丹陽《たんよう》や藍田の戦いで、多くの兵士たちが殺された屈辱が蘇った。懐王はすぐさま張儀を追跡するよう命じたが、一歩遅かった。すでに張儀は秦へ逃げ帰っていた。懐王は怒りのあまり、秦の領土内まで張儀を追いかけようとしたが、それを屈原が必死で止めた。屈原には秦の目論見がわかっていたからである。

懐王や百官の無能さに楚の国民はみな失望した。楚の人々の唯一の希望は屈原だけだった。楚の人々は屈原の手腕によって、楚の国政が少しでもよい方向へ変わることを心から期待した。

三

その年の秋、秦で非常に大きな出来事が起きた。突然、恵文王が病死したのである。享年四十六。そのあまりにも早い死に、秦の国民はみんな嘆き悲しみ、胸を激しく叩いて泣き崩れた。

恵文王は秦で初めて王を名乗り、巴蜀《はしょく》の地を併合し、楚を討伐して漢中《かんちゅう》郡を設置した賢王である。のちに秦が中国を統一する土台を築いた王ともいえるだろう。その恵文王の突然の死により、秦の行く末を案じる声が一時はあった。しかし、楚とは異なり、秦は人材が豊富である。優秀な人々が綺羅星《きらぼし》のごとく揃っていた。

恵文王の葬儀の後、その跡を太子の蕩《とう》が継いだ。蕩は武王を名乗ると、賢臣の樗里疾《ちょりしつ》と甘茂《かんも》を左右の丞相《じょうしょう》に任命し、張儀を排除した。武王は張儀を嫌っており、ただ排除するだけでなく、処分しようと思った。

そのことを知った張儀は、すぐに秦を離れ、生まれ故国の魏へ急ぎ逃げ帰った。逃げ足の速いことも、縦横家にとって重要な資質である。縦横家には政敵が多く、絶えず自分の身辺に注意を払っておく必要があった。張儀は特に嗅覚が優れており、危険をすぐに察知する能力が高かった。おそらくそれは、かつて楚の令尹《れいいん》に濡れ衣を着せられ、激しく打擲《ちょうちゃく》された体験が影響していたのだろう。

楚の国では、秦の恵文王が病死したことを知った懐王が、少しばかり安堵していた。これで暫く、楚は秦に侵略されることがないと考えたのだ。懐王は安堵するだけでなく、これからの動向を楽観視した。そこが、懐王の凡庸なところだった。

懐王は屈原が進めていた斉との同盟も必要がないと考えた。これで、屈原を登用しなくてもよいと思った。屈原は懐王にとって、口うるさすぎる臣下だった。辺りを憚《はばか》らず、何かと懐王に諫言し、自分の威光を貶《おとし》めていると感じていた。

屈原を退けた方がいいだろう、と懐王は思った。

こうして、懐王の気まぐれによって、屈原が再び退けられた。ただ、今回は明堂からの追放ではなく、出仕することを止められただけであった。しかし、そのことに屈原は大きく失望し、心から悲しんだ。

——もう、郢《えい》にいても仕方がないだろう。

屈原はそう思い、故郷の屈邑《くつゆう》へ戻り、そこから流浪の旅へ出ようと決心した。

郢の都を離れる屈原の体を一陣の風が通り過ぎていく。その風は冬の風のように冷たくはなかったが、心に深く染み入り、悲しみを増幅させた。

屈原の口から自然と言葉が漏れる。それを文字にした。

秋の旋風が香草を揺らすのが悲しい〈兮〉
心は悶え苦しみ胸のうちを傷つける

ものには些細なことで命を失うことがある〈兮〉
声には聞こえないが木枯らしに先駆けることもある

私はなぜ彭咸《ほうかん》を思うのだろうか〈兮〉
私の志が揺るがないことを願っているからだ

屈原の口から出た言葉は、本人も驚くほどに『離騒《りそう》』に記した乱と類似している。その帰結する先が、またしても彭咸の生き方であった。

——汪立《おうりつ》が知ったら、また怒るだろうな。

屈原はそう思い、かすかに苦笑いを顔に浮かべた。その笑いが少しばかり、心の痛みを癒やしてくれた。

この即興でうたった辞《じ》に、屈原は『悲回風《ひかいふう》』という題名をつける。回風とは旋風のことである。

旋風を悲しむとは、どういうことなのだろうか。

おそらく、旋風によって草木は激しく揺れ、そのせいで草は枯れていく。それと同じように、懐王の心がころころと変わり、それによって屈原は翻弄され、そのたびに傷つく。そのことを悲しむ、という意味だったに違いない。

楚の憂国の詩人で、三閭大夫の屈原。その哀しみは終わることがなかった。

新たな激動の時代が始まろうとしていた。

四

秦の恵文王が亡くなってから二年後の、懐王二十年（紀元前三〇九年）。恵文王の密命を受けて、戦国六カ国を蹂躙し続けた、狐狼張儀が遂に魏で死去した。その死因に関して、病死、事故死、暗殺など様々な説が流布されたが、真相は明らかにならなかった。ただ、張儀の死によって、縦横家の活躍する時代が一気に衰退していく。

孔子は「巧言令色鮮《すくな》いかな仁」と語り、巧みな言葉だけを用いて生きている人間は、人の心を思いやる愛に欠けている、と厳しく批判した。

張儀はその孔子の言葉を代表するような人物であった。張儀には自分以外の人々を思いやる心が欠けていた。張儀が愛していたのは自分の口だけだった。その張儀の死によって、縦横家のように口先だけで政治を行う時代は終焉を迎える。一つの時代が終わり、新しい時代が始まろうとしていた。

張儀の死から二年後、今度は突然、秦の武王が事故で亡くなった。武王は若くて、武勇に富んだ王であった。ただ、その若さによる無鉄砲さが仇となった。

この年の八月、武王は大力無双の将軍、孟説《もうせつ》と力比べをした。孟説は生きた牛の角を抜いた、と噂されるほどの豪傑だった。武王は兼ねてから、力比べなら誰にも負けないと自負していた。そこで、武王と孟説の二人は、互いに鼎《かなえ》を持ち上げるという、無謀な挑戦を行うことを決めた。

鼎とは宗廟において祖先を祀る際、祭祀に用いられる鍋型をした青銅器のことである。青銅の胴体には足が三本ついており、その重さは数百キロといわれている。春秋戦国時代では、この鼎が王室や国家の権力を象徴する祭祀器となっていた。この鼎には興味深い逸話があり、それが今日まで伝わっている。

紀元前六〇六年、楚の名君といわれた荘王《そうおう》が異民族を討伐し、その勢いに任せて周王朝の都まで迫った。その時、荘王が周王に対して、周王朝を象徴する宝器であった九鼎《きゅうてい》の大きさや、その重さを周王に問うた。

さらに、荘王は「朕は周王よりも遙かに実力がある。この九鼎を持ち帰り、周王に代わって天下を治めることもできるだろう」と言って、周王を脅した。それを聞いた諸侯は慌てて、「王位に就くには鼎の重さではなく、徳の高さが必要です」と言って、荘王を説得した。

この逸話から、〝鼎《かなえ》の軽重《けいちょう》を問《と》う〟という言葉が使われるようになった。その意味は、上位の者の能力や力量を疑って、その地位を奪おうとすることを指していた。

国家にとってそれほど大切な鼎を、武王は力比べに用いようと考えた。それは、秦の祖先を蔑《ないがし》ろにする行為だった。そのため、その結末は、最初から決まっていたのかも知れない。

最初、孟説が鼎を持ちあげることに挑戦した。孟説はよろけながらも、見事にその挑戦に成功する。それを見た武王はいつも以上に張り切った。武王は鼎を両手で掴み、力の限り上へと引きあげた。鼎は上がったが、その重さに武王の両脛が耐えられなかった。大きな音を立てて、武王の左右の脛骨《けいこつ》が粉々になる。鼎もろとも地面に転がった武王は鼎の下敷きとなり、そのまま息絶えてしまった。

武王の享年は二十三、その治世はわずか四年であった。あまりにも早い王の死といえる。哀れなのは孟説であった。武王を逝去させた大犯罪者として首を刎ねられ、妻子はおろか、一族のすべてが処刑された。

武王の死が、秦に大きな混乱をもたらすことになる。それが、武王の後継者争いであった。若い武王にはまだ子供がいなかった。そのため、次の秦王は先代の恵文王の子供たちの中から選ばれることになった。ところが、恵文王には子供が多過ぎて、それが諍いの原因となった。

身内の陰惨な争いが続き、その結果、周囲の反対を押し切り、恵文王の側室であった宣《せん》太后《たいごう》の生んだ稷《しょく》が、新しい国王に選ばれた。それだけ、宣太后一族の力が強かったといえる。宣太后は稷の擁立に反対したすべての臣下を処刑し、ようやく秦の混乱が収まった。

五

武王の死の翌年（紀元前三〇六年）、稷が即位した。稷は昭王（昭襄王《しょうじょうおう》ともいう）を名乗ったが、まだ弱冠十八歳と若かった。そのため、治世は母である宣太后が摂政となり、宣太后の弟であった魏冄《ぎぜん》と羋戎《びじゅう》の二人が補佐することになった。傀儡《かいらい》とまではいえないが、若い頃の昭王は宣太后の言いなりだった。

即位の翌年、後継者争いに敗れたほかの公子たちが、恵文王の庶長《しょちょう》であった壮を中心にして、反乱を起こした。しかし、その反乱は魏冄と羋戎の二人によって鎮圧され、反乱を起こした公子たち全員が処刑されてしまう。

この反乱に怒ったのが宣太后である。生き残った恵文王の子孫で、昭王に不満を抱く公子をすべて逮捕し、処刑場へと送った。宣太后は自分の子供である昭王に対する不満分子を、たとえ公族であっても、絶対に許すことができなかった。

粛清はそれだけで済まなかった。宣太后は武王の母であった恵文后をも処刑し、さらに武王の皇后であった武王后を魏へ追放した。もし、武王后に幼子がいれば、恵文后と同じようにその子諸共、武王后も処刑されていたことだろう。

こうして、宣太后と魏冄、羋戎の三人は先代の武王、及び先々代の恵文王の一族やその家臣たちをすべて秦から排除した。秦の実権は宣太后、魏冄、羋戎の三人の手に握られ、秦の人々は彼らのことを「三貴」と呼んで恐れた。

秦の昭王三年（紀元前三〇四年）、昭王は二十歳を迎え、冠礼を行って成人となった。それにより、秦の力が一層強まることになる。何故なら、昭王は思った以上に賢王だったからである。また、父である恵文王の血を受け継ぎ、昭王は謀略を好む性格であった。

昭王はまず母である宣太后を国政の場から退場させた。それから、魏冄と羋戎の二人に、改めて自分への絶対的な忠誠を誓わせた。この二人だけでなく、秦の百官や百将たちは皆、昭王が賢王であることに気づき、心から忠誠を誓った。

こうした秦の苛烈な政変は楚にも伝わった。すでに楚の明堂には賢人がおらず、用済みとなった屈原は北方を彷徨っている。その間に、斉・韓・魏の連合軍によって、楚の領土がたびたび脅かされた。もし、この状況で秦にまで攻め込まれたら、楚はひとたまりもない。楚の懐王はそのことを恐れた。

かつて、張儀によって秦に騙されたことを忘れ、懐王の心は秦との同盟に傾いた。屈原が嘆いたように、懐王の政治は絶えず左右に揺れ続け、筋の通った芯がなかった。

秦の昭王が加冠《かかん》したことが一つの契機となった。懐王は親書をしたため、秦に同盟を提案した。

その親書が秦に届く。昭王は傍らに控えていた魏冄に質した。

「懐王が同盟を持ちかけてきた。どうする?」

「昔、張儀が言っておりました。懐王は凡庸な王だと。ならば、好都合だと思います」

「朕の意のままに操るか」

「御意」と魏冄が返事をした。

昭王は知略に優れていて鋭かった。この同盟における楚の利用価値を、昭王が冷静に判断する。昭王は楚に対して、寛厳策《かんげんさく》を用いることが効果的だと考えた。

「楚に与える土地があるか?」と昭王が魏冄に聞いた。

「はい、ございます。上庸《じょうよう》の地がよいかと思われます」

上庸の地は三百年前に楚の名君といわれた、あの壮王が戦いで得た領地である。それを懐王が藍田関《らんでんかん》の戦いで破れ、秦に支配されていた。楚にとって、上庸は奪い返さなければならない、極めて重要な土地であった。それが無償で手に入るとなれば、今後、懐王は秦の言いなりになるだろう。

「それはよい」

昭王はそう答えると、魏冄に楚との同盟を進めるよう命じた。

その年の秋、懐王は黄棘《こうきょく》で秦の昭王と会合を持った。そこで、楚と秦は同盟を交わす。秦は同盟の証として、楚に上庸の地を返し、楚は昭王に公女を嫁がせた。

懐王二十六年（紀元前三〇三年）、斉・韓・魏の連合軍が楚を侵略した。楚は太子の横《おう》を秦へ人質に出し、秦へ救援を仰いだ。秦は同盟に基づき楚へ援軍を送り、三ヵ国の同盟軍は秦の軍勢を見てそれを恐れ、すぐに楚から兵を引いた。懐王は昭王に深く感謝をした。

春秋戦国時代には人質がよく用いられた。この時代の人質はいわゆる犠牲者ではない。人質に選ばれたのは、王子や公子などの高貴な身分の子弟が多かった。その人質を受け入れた国も彼らを厚遇し、その身を保護した。この人質が、のちに国へ戻って王位に就く、ということもたびたび見られた。この時代の人質は、外交官的な役割も担っていたといえるだろう。

しかし、楚の太子の横は、張儀が言っていったように暗愚《あんぐ》であった。人質としての自分の重要な役割に気づかず、人質になったことに不満を抱いた。それが楚に大きな悲劇をもたらすことなど、横の頭の片隅にもなかった。横は本当に愚かな太子であった。

六

楚が秦に隷属した頃、屈原は楚北の地を流浪していた。いまの楚には、名前だけの三閭大夫が活躍する場はどこにもなかった。国政に呼ばれることはなく、懐王に進言することもできない。屈原の心は癒やされることはなく、その流浪に終わりはなかった。

終わりの見えない旅をしている屈原の眼前には、雄大な泗水《しすい》が東から西へ流れている。その眼を遠くへ向ければ、山々が連なる魯南丘陵がかすかに見えた。その麓にあるのが曲《きょく》阜《ふ》の地である。そこは魯と呼ばれ、孔子が生まれた地であった。

——多くの為政者に愛され、人々に慕われた孔子。百官に尊敬された孔子と百官に忌み嫌われている自分。一体何が違うのだろうか。

時代がわずかに異なるため、出会うことのなかった孔子と屈原。屈原はその孔子に思いを馳せていた。

——それにしても、私は何と惨めなのだろうか。どうして懐王は私の言葉を理解してくれないのだろうか。

屈原がそう思えば思うほど、苦しい思いが胸を駆け巡る。すると、自然に言葉がほとばしった。それをいつものように書き綴った。

心が鬱々として憂いている〈兮〉
独り嘆いては痛みを増す

思いは苛立ち心が晴れない〈兮〉
果てしなく夜が長く感じられる

懐王への思いを、まるで好きな女性へ宛てた恋文のように書き綴っていく。

願わくは思いのまま走って行きたい〈兮〉
人々が咎めを受けるのを見て思い止まる

拙き思いをしたため言葉とする〈兮〉
それを捧げてあの美人へ贈ろう

勿論、美人とは女性のことではない。屈原が慕う懐王のことである。懐王に対する思い。そして、それが叶わぬ心情。その苦しさ、辛さ、悲しさを、屈原が本歌として書き終わる。本来ならば辞はこれで完成であった。

だが屈原はそこに新たな技法を付加した。〝少歌《しょうか》〟と〝倡《しょう》〟、そして乱を書き加えたのである。少歌とは、本歌を短く要約したものといえる。いわゆる短歌である。短いゆえに少歌と呼んだ。

少歌に言う

美人のために恨み言を並べて〈兮〉
日夜告げても裁くものはいない
その美しさを私に誇るが〈兮〉
私の言葉を侮って聞こうとはしない

屈原が最も言いたかったことは、自分の諫言の正しさである。ただ、それを公平に理解する人が楚にはおらず、しかも、懐王がそれを聞こうとしないことを嘆いた。

少歌の次に記された倡とは、いまの屈原の気持ちを素直にうたったものである。それは少しばかり感傷的なものとなった。

倡に言う

鳥あり南より〈兮〉
来て漢北にとどまる

艶やかで麗しいが〈兮〉
ぽつりと独りこの異国に棲む

屈原は自分の孤独さを鳥にたとえる。その鳥は屈原が愛する楚の郢へと向かう。

あの郢都の遥か遠くを〈兮〉
私の魂は一夜に九度往復する

書きながら、屈原の頬を涙が流れて止まらない。悲しみの心に覆われる中、屈原の筆は一気に乱を書き進める。

道すがら思いを籠めて歌を創り
少しの間自らを慰める〈兮〉
憂い心は晴れることはない
この言葉を誰に告げようか〈兮〉

ここで屈原が筆を止めた。

これでよいだろう、と思い、息を一つ吐いた。

屈原が書きあげた作品に、『抽思《ちゅうし》』という題名を与えた。

抽思とは、現在の心境を抜きだして示す、というような意味である。この『抽思』は、屈原の作品としては抽象化した部分が少なく、直情的で非常に分かりやすかった。用いている言葉も素直で、それが情感豊かな味わい深いものにした。巫風《ふふう》に触発されて始まった屈原の辞は、いつの間にか巫風から離れ、自らの心情を吐露するものに変わっていた。それこそが、詩文学の誕生だった。

こうして、屈原にとって懐王二十七年（紀元前三〇二年）の憂鬱な夏が終わろうとしていた。

七

誰もが予想し得なかった大事件が、秦で起きようとしていた。それを引き起こしたのが、あの愚かな楚の太子である横だった。それがやがて、どれほど大きな悲劇を楚にもたらすことになるのか。そして、楚の人々がどれほど悲しみ、苦しむことになるのか。そんなことさえ思い浮かばないほど、横は極めて暗愚であった。

横は秦での人質生活を心から嫌がっていた。常日頃から不満を募らせ、秦からの脱出の機会だけを窺っていたのだ。人質としての自分の役割の重要性を、横はまったく理解していなかったといえる。

懐王二十七年（紀元前三〇二年）の秋、その横に最大の好機が訪れた。秦の昭王が魏冄やほかの重臣たちを引き連れて、蜀の地へ巡幸に旅立ったのである。そのため、咸陽《かんよう》の警備が手薄になった。横はこの絶好の機会を逃さなかった。横の見張り役だった秦の大夫を殺害し、横は楚へ逃げ帰った。

その知らせは直ちに巡幸中の昭王のもとへ届けられた。報告を聞いた昭王は烈火のごとく怒った。昭王はすぐ将軍奐《かん》に命じて、楚への討伐軍を準備させる。

翌年に入ると、将軍奐の軍が怒涛の如く楚を侵略し、楚の東方にある重丘《じゅうきゅう》を奪った。さらに、楚の将軍唐眛《とうばつ》を殺し、二万に及ぶ楚兵の首を刎ねた。

秦の昭王の怒りはそれだけでは収まらなかった。翌年、再び将軍奐の軍勢が楚へ攻め込み、楚の将軍景欿《けいけつ》を殺し、新城《しんじょう》の地を奪った。景欿は屈氏と並び、三閭の一つであった景氏の出身だった。懐王にとって最後の頼みの綱の将軍である。楚はその大事な将軍を失ってしまった。

昭王の怒りの大きさを恐れた懐王は、慌てて屈原に出仕するように命じた。屈原が嘆いたように、懐王には節操がなかった。気に入らなければすぐに排除するくせに、困った時にはいつも屈原頼みだった。

命令を受けた屈原はすぐに楚の明堂へ出仕した。漢北の地を流浪すること二年、楚の明堂に戻ってきた屈原は、そのあまりの変わりように驚いた。懐王を補佐する賢臣どころか、懐王には些細な相談をする相手もいなかった。それなのに問題の起点となった太子横は、どこかへ逃げ隠れして、明堂へ姿を現さない。その明堂で大きな顔をしていたのは、懐王の末子で未成年の子蘭《しらん》であった。子蘭はあの毒婦《どくふ》、鄭袖が生んだ子である。母に似て極めて酷薄《こくはく》で、しかも狡猾《こうかつ》な公子だった。

「三閭大夫、いまだ秦は怒っている。朕はどうしたらよいのか?」と懐王が屈原に弱弱しく聞いた。

そのあまりの痛ましさに屈原は必死で涙を堪え、懐王の問いに答えた。

「斉を頼りましょう」

「斉は楚を許してくれるだろうか」

「太子の横殿を斉へ人質に出しましょう」と屈原が言った。

それを傍らで聞いていた子蘭が、誰にも気づかれないように柱の裏に隠れた。

「しかし、横は……」

懐王は横の秦における行状を考え、それが斉で再発することを案じた。

「大丈夫です。今度は随員として、太子に屈信《くつしん》をつけます」

屈信は亡くなった屈匄《くつかい》の遺児である。まだ年若いが勇猛果敢で知られており、次代の楚の大将軍として、周囲から期待されていた若者だった。

「それはよい。屈信なら横の我が儘も止めることができるだろう」と懐王が安堵したように言った。それから、控えていた官僚に横を探しだすように命じた。

その時、子蘭が足音を立てずに明堂を出て行った。子蘭はそのまま母の房へ向かう。そこには横が待っていた。

鄭袖の房の中で、見事な彫刻が施された豪華な円卓を囲んで、横と子蘭が酒宴を始めた。

「父上が私を斉へ人質に出すと、言っておられたのだな?」と横が子蘭に確認をした。

「はい、そう言っておられました」と子蘭が横の問いに答えた。それを聞いた横が、「どうして、そんなことになったのだ？」と子蘭に聞いた。

「三閭大夫が父上に言上したのです。斉と同盟するため、兄上を人質に出すようにと」

子蘭の返事を聞いた横が体を震わせる。

「おのれ、三閭大夫の奴。どうしてくれようか」と横が円卓を両手で激しく叩いた。卓上にあった酒瓶が倒れ、中の老酒《ラオチュー》がこぼれる。

ようやく秦の人質から逃れたのに、また人質に出される。そのことに横は腹を立てた。それを懐王に進言したのが三閭大夫だった。

あの正義漢ぶった男が許せない、と横は思った。

「それだけではありません。三閭大夫は兄上の随員として、屈信をつけるように話していました」

「屈信か」

横が舌打ちをした。

「あの若造は苦手だ。それでは逃げることもできない」と横が落胆した声を出した。

それにしても、憎いのは三閭大夫だった。横が歯ぎしりをする。

「兄上、三閭大夫には気をつけないと……。油断すると、兄上の太子さえも廃絶するよう言い兼ねません」

子蘭が横の屈原に対する憎悪を煽った。この公子は人の醜い心を増幅させることに長けていた。また、そうした行動に大きな喜びを感じる性格でもあった。

「子蘭、よく教えてくれた。ありがとう、礼を言う」

「どういたしまして。兄上のためなら、私は何でもいたします」

子蘭が媚びた眼で横を見た。

「うん。よろしく、な」

そう言うと、横が杯を上げた。それに合わせて子蘭も杯を掲げた。この二人はどこか性質が似通っていて、共に愚かであった。

その二日後、横は嫌々、人質として斉へ送られていった。横の傍らには屈信がぴったりと寄り添っていた。

斉王は人質の横と共に届けられた、屈原からの書簡を読んだ。そこには過去の経緯に対する深い陳謝と、楚の本意が切々と綴られていた。さすが、戦国時代第一の文人である屈原の書簡だった。その誠意に感動した斉王は再び楚との同盟に応じた。屈原の献策と努力により、再び斉との関係修復がなったことで、楚に束の間の平和が戻った。

八

楚と斉の同盟を苦々しく思ったのが秦の昭王であった。あと少しのところで、楚の力を完璧に削ぐことができたはずだ。それなのに、その思惑が屈原によって遮られてしまった。

「魏冄よ、楚には人がいないと思っていたが、油断であったな」

「三閭大夫のことですか」

「そうだ」

「三閭大夫だけは別格です。あの張儀でさえ、一目を置いていました。三閭大夫の排除に、張儀は随分苦慮したと聞いております」

「それほどの人物か？」

「はい。清廉潔白さでは、孔子でさえ及ばないでしょう」

「なるほど、厄介だな。それならば尚更、三閭大夫に邪魔されずに懐王を上手く騙す必要がある。魏冄、何か策はあるか？」と昭王が魏冄に聞いた。

「上策ではありませんが、一つ試してみたい策があります」

「どんな策だ？」

「楚に和議を提案し、会盟しようと持ちかけます」

「それで」

昭王が魏冄を促した。

「会盟の場所を武関《ぶかん》にします」と言って、魏冄が笑った。

「それはよい」と昭王も笑った。

「懐王は疑心暗鬼に駆られるでしょう。武関へ行けば捕まる恐れがあります。それに怯えて武関へ行かなければ、今度は我が国に侵略される心配が生じます。あるいは逆に、懐王が欲を出し、武関を抜いて王都の咸陽を攻めようとするかも知れません。いずれにしても、懐王は武関に来ることになります」

「懐王を捕まえる好機だな。だが、そう上手くいくかな。楚には三閭大夫がいるぞ。きっと懐王を引き留めるに違いない」

「はい。そこで、もう一手、打とうと思います」

「どんな一手だ？」

「鄭袖を利用します」

「あの毒婦か」

「はい。鄭袖に懐王がこの会盟に乗らないと、息子の子蘭が秦の人質となって、秦で横の代わりに処刑される、と脅します」

「それは面白いな。毒婦が子蘭のため慌てて動き、会盟に反対する三閭大夫を排除するか。わかった魏冄、至急その策を試すがよい。朕が懐王へ親書をしたためる」

昭王が魏冄の策に同意した。

その日のうちに秦から昭王の親書を携えた使者が、楚へ派遣された。

九

秦の使者が届けた昭王の親書を巡って、楚の明堂は大騒ぎになっていた。屈原を除く百官のほとんどが怯えて、震えあがった。

「秦王は何と言ってきているのですか?」と屈原が懐王に尋ねた。

「横による無礼を許すから、武関で会見し、改めて盟約を取り交わそうと言ってきておる。三閭大夫、いかがいたす?」

それを聞いて、屈原が眉を顰《ひそ》めた。

「なりませぬ、秦は虎狼《ころう》の国です。信用できません。陛下は絶対に武関へ行ってはいけません」と屈原が激しい言葉で反対をした。

「三閭大夫様のおっしゃる通りです。秦に行けば陛下は捕まります。行ってはなりません」

大臣の昭睢《しょうしょ》が屈原に賛同し、懐王を引き留めようとした。しかしこの時、懐王は秦を恐れていて、その判断に迷っていた。懐王の優柔不断な悪い面が現れたといえる。

——もし自分が秦へ行かなければ昭王は怒り狂い、また楚を攻めてくるかも知れない。もう、楚には軍を率いてまともに戦える将軍がいない。みんな秦との戦いで死んでしまった。これ以上、昭王の怒りを買うことはできない。自分はどうしたらいいのだろうか。

懐王は思い悩んだ。

その姿を見た屈原は歯がゆくてならない。こうした決断は果敢に行わないと、悪巧者《あくこうしゃ》につけ込まれる恐れがあった。屈原の危惧はすぐに現実のものとなる。

その時、子蘭が明堂に現れた。

「父上、武関へ行くべきです」

子蘭がそう言って、懐王が武関へ行くことを促した。

「季子《きし》、何を言う！」

屈原が子蘭を叱った。

季子とは末子という意味である。屈原が子蘭をさらに譴責《けんせき》しようとした。それを懐王が止めた。

「子蘭、何故だ?」と懐王が子蘭に問い質した。

「これ以上、秦との関係を悪くはできません。秦からの親書は旱天《かんてん》に慈雨《じう》です。楚にとってこれほど好都合なことはございません。ぜひ、行くべきだと思います」

子蘭が熱心に武関へ行くことを勧めた。

「それに父上は、お一人で武関に行くわけではありません。楚の屈強な兵を多数率いて行かれるのです。いざとなれば武関を抜いて、秦王に一泡吹かせてから、悠々と楚へお戻りになればよいと思われます」

子蘭が言葉巧みに懐王を説得した。

懐王は子蘭の言葉に乗った。そこが懐王の凡庸なところである。状況を冷静に判断すれば、いま、武関に行くことがどれほど危険なのか。それを理解できたはずである。

「確かに、子蘭の言う通りだ……」

懐王が子蘭の言葉を受け入れようとした。それを屈原が言葉を尽くして、激しく抵抗した。

「もうよい、三閭大夫。下がれ」

懐王はそう言うと手を振り、屈原を追いやった。屈原は子蘭を睨みながら、唇を強く噛みしめ、明堂を出て行った。

鄭袖、子蘭の母子は、またも懐王を窮地へと追いやったのである。

約束の日の早朝、懐王は多くの兵を整え、颯爽と武関へ向かった。懐王が武関に着いた時、秦の昭王の姿はまだ見えなかった。

早く着き過ぎたかと思った懐王は、兵士の警戒を解かせて休ませた。

その時、どこからともなく大量の秦兵が湧いて出て、武関一帯を封鎖した。騙されたことを知った懐王は反撃して逃げようとしたが、周りを大勢の秦兵に囲まれて捕らわれ、秦に幽閉されてしまった。

懐王が秦に捕まったことで、楚に王がいなくなってしまった。前代未聞の出来事が起こったといえる。楚は大至急、新しい王を擁立しなくてはならなくなった。だが、太子の横は斉に人質になったままである。残る懐王の子は子蘭だけであった。しかし、屈原は子蘭だけはどんなことがあっても絶対、王にさせないと決めていた。

屈原が大臣の昭睢を呼んだ。すぐに現れた昭睢が、「三閭大夫様、何か御用ですか？」と屈原に尋ねた。

「昭睢、あなたに大切な仕事を頼みたい。聞いてもらえるか」

「どのような御用ですか？」

「斉に行ってもらいたい。斉に行って太子の横様を取り戻してきてほしい。本来ならば私が行くところだが、いま私がこの明堂を離れれば、鄭袖、子蘭の二人に楚の国が奪われてしまう。それだけは避けなくてはならない。私は自らの命と引き換えにしても、子蘭が王位に就くことを止めてみせる」

昭睢は楚を思う屈原の言葉に胸を打たれた。確かに、子蘭は懐王が秦へ行くことを勧め、いままた自分が楚の王になろうと狙っている。そんな公子に国を任せるわけにはいかなかった。

こんな時こそ自分が役に立たねばならない、と昭睢は強く感じた。

「わかりました。至急、斉へ行って、太子を取り戻して参ります」

「頼んだぞ」

「お任せください。この一命に代えても」

昭睢が胸を叩き、深々と頭を下げた。

昭睢は急いで斉へ行き、粘り強く交渉を重ねた。最初、横の返還を渋っていた斉王であったが、昭睢の誠意ある一言が効いた。

「太子をお返しいただければ、太子が即位した後、斉との同盟を復活させ、必ず秦に対する斉の盾となります。そのことをお約束いたします」と昭睢は述べた。

斉王は横の使い道を値踏みし、ここで返す方が斉にとって得策だと判断した。そこで、斉王は横を楚へ返すことに同意した。

昭睢の懸命の頑張りによって、横は楚へ帰国することができた。屈原は昭睢を褒め称え、次の令尹に昭睢を推そうと決めた。

第八章　暗愚《あんぐ》

一

紀元前二九八年、楚《そ》では太子横《おう》が即位し、頃襄王《けいじょうおう》を名乗った。その頃襄王が最初に行ったことが、異母弟の子蘭《しらん》を令尹《れいいん》に任命することだった。頃襄王はやはり救いようのない暗《あん》愚《ぐ》であった。楚はこの日を境に衰退の歴史を刻むことになる。

頃襄王が王になって好んで行ったことは政治ではなく、趣味の世界の充実であった。明《めい》堂《どう》内に絵画侍従や文学侍従と呼ばれる人々が集まり、華やかな宮廷社交場が形成された。それが文化国家だと頃襄王は思っていたのである。

そこに集まったのが、宋玉《そうぎょく》・唐勒《とうろく》・景差《けいさ》・王克《おうこく》などの人物であった。のちの時代になり、彼らは屈原《くつげん》の弟子といわれたが、屈原は彼らを弟子にした覚えがなかった。彼らは屈原の作風を真似て、辞《じ》や賦《ふ》を詠んだが、そのほとんどが口先だけの、空虚な言葉の羅列であった。彼らは楚の国のために上席者を批判することも、王を諌めることもしなかった。そうした者たちを、屈原が自分の弟子などと思うはずがない。ただ屈原は宋玉のことだけはいつも心に留めて、注意深く見守っていた。

宋玉の名は屈原に劣らず、楚ではよく知られている。貧士の出身で、宮廷文壇において目覚ましい活躍をしたことで、大夫《たいふ》になれた人物だった。大夫とは領地を持つ貴族のことである。また、宋玉は絶世の美男子としても有名であった。涼やかな眼、長い睫毛。高い鼻筋。その美しさは群を抜いていた。街を歩けば老若男女が振り返り、明堂内のすべての女官たちが胸をときめかせた。

宋玉は楚における〝賦〟と呼ばれる文章の第一人者であった。楚の賦は韻文と散文の折衷様式で創られている。韻を巧みに踏みながら書かれており、極めて技巧的な文章となっていた。屈原の辞とは異なり、宋玉の賦は一句の長さを一定させず、長短様々な句を用いた。主に問答形式で書かれることが多く、様々な事象を羅列的に描写することで、豊かな情感を表現した。やがて、この賦が中国全体の貴族文学や宮廷文学の主流となっていく。

その宋玉の代表作が『九弁《きゅうべん》』という作品である。自分の才能を歴代の楚王になかなか認めてもらえず、その身を嘆いて創作した賦であった。ただ、単なる悲哀の作品ではなく、実は屈原の『離騒《りそう》』を下敷きにしていた。

自分が周囲から認めてもらえない悲しみを、屈原の王や百官に理解されない哀しみと重ねた。さらに、周りの人々に理解されず旅に出るという内容にすることで、屈原の流浪の半生を彷彿とさせた。宋玉は心の底から屈原を深く尊敬していたのである。

ところが、この『九弁』を有名にしたのが、そうした周囲の理不尽さへの批判ではなく、心象風景を描いた書き出しの部分であった。

それは次のような内容である。

悲しいかな
秋の気配は

秋風が寂しく吹き
草木の葉が揺れ落ち色を失っていく

心が痛み

まるで遠い旅路を行くようだ
山に登り水辺に臨んで
まさに帰ろうとする人を送るようだ
からりと空は晴れ
天高く大気は澄み
ひっそりともの悲しく
雨水を収めた川の水は清い

この部分が、秋は寂しいものだとする季節感を、世の中に浸透させた。それは、やがて周辺の国々にまで定着し、さらに国外へと広がった。宋玉がこれを記していなければ、秋の季節に対する人々の思いは変わっていたかも知れない。

この作品は人の身の悲哀と、草木を枯らす秋の気配の悲しさを重ねた、名作といえるだろう。そこで用いられた修辞は巧みであり、表現描写は豊かであった。ただ、そこの部分が巧みだったゆえに、その後に続く王室の現状を嘆いた部分がそれほど注目されず、憂国という面で、宋玉は屈原に遠く及ばなかった。

しかし、屈原は宋玉の持つ、もう一つの顔に危うさを感じた。それは、皮肉家が好む風刺という側面であった。たとえば、宋玉の創った代表的な賦に、『登徒子好色賦《とうとしこうしょくのふ》』という作品がある。この作品は王と臣下の問答という形式を採用していたが、そこには、ある風刺が秘められている。屈原はその風刺の内容に危惧を覚えた。その『登徒子好色賦』とは、次のような作品であった。

＊

頃襄王の寵臣に登徒子という大夫がいる。常日頃、登徒子は宋玉に対して、嫉妬から生まれる強い敵愾心を抱いていた。その嫉妬の原因は、宋玉の美貌と韻文の人並み優れた才能にあった。

ある日、登徒子が頃襄王に宋玉のことを讒言《ざんげん》する。

「宋玉は美男子で、才能もありますが、女性に手の早い好色な男です。陛下が後宮へ行かれる時には、決して同行させてはいけません」

それを聞いた頃襄王が登徒子を質した。

「何故だ？」

「宋玉が後宮にいる美しい妃たちに手を出して、必ず問題を起こすからです」と登徒子が得意げに答えた。

登徒子が退席すると、すぐに頃襄王は宋玉を呼びだして詰問する。それを聞いた宋玉がこう答えた。

「私の見かけのよさは生まれつきです。言辞に優れているのは学問に励んだからです。そのことと好色とは何の関係もありません。誓って、私は好色な男ではありません」

「ならば、その証拠を見せよ。もしできなければ、宮廷からすぐに出て行け」と言って、頃襄王が迫った。

そこで、宋玉が次のように話し始める。

「私の生まれ育った臣里《しんり》は、楚の国で最も美人が多い所です。その臣里で一番の美人が私の家の隣に住んでいました。その美人が三年間、垣根の隙間から私を覗き見していましたが、私の心が揺らぐことはありませんでした。その私よりも、むしろ登徒子の方がずっと好色です」

「何故、そう言える？」

「登徒子の妻の髪は手入れされておらず、形の悪い耳や唇をしており、歯並びが乱れています。歩き方はおかしく、できものや下の病気を持った女性です。しかし、登徒子はその妻との間に、五人もの子供をつくりました。そのことを考えれば、誰が好色なのか歴然としています」

宋玉の言葉を聞いて、頃襄王は言葉を失った。

*

これが『登徒子好色賦』のあらすじである。

宋玉は美男子で、主君の好悪のままに賦を書く宮廷作家といわれてきた。あるいは、屈原のような厳しい批判的精神を持ち合わせていないとされている。だが、本当は違う。ほとんどの人が宋玉の作品の裏に隠された風刺に、気づいていないだけだった。

たとえば、この『登徒子好色賦』も一読すると、理知に富んだ軽妙なやりとりを、艶っぽく記した賦のように思える。しかし、その裏側には宋玉流の手厳しい諷刺が息づいていた。

宋玉はただ登徒子の妻が醜いことを、指摘したかったのではない。登徒子の妻の醜い部分は、すべて改善できるものであった。髪を洗い整え、歯並びを矯正し、病気を治療すれば、すべてが治った。

人の美醜はいくらでも変えることができる。美貌を争うよりも清潔、清廉さを争う方が大切だと、宋玉は暗に言ったのである。また、そのことを改善させない登徒子を、比喩的に非難したともいえるだろう。さらに、『登徒子好色賦』に秘められた風刺は、これだけで終わらず、もう一つ深い暗喩が込められていた。

人の善悪は見た目の美醜では決まらない。それなのに、政敵の美貌を逆手にとって讒言する寵臣。また、見た目の美醜でしか、人の価値を判断できない楚王。それらを賦にすることで、楚には愚かな王と佞臣《ねいしん》しかいないと、暗に批判したのである。

実は、宋玉は相当の硬骨漢《こうこつかん》であった。もし、頃襄王の周辺に賢い侍従がいて、宋玉の賦の風刺に気づき、それを頃襄王に伝えれば、宋玉の身が危なかった。

屈原は『登徒子好色賦』を読んで、そのことを案じた。屈原が宋玉を呼びだした。

「三閭《さんりょ》大夫様、お呼びでしょうか？」

「宋玉、『登徒子好色賦』を読ませてもらった」

屈原の一言に宋玉は心がときめいた。

宋玉は屈原のことを深く尊敬している。心の中で自分の師だと思っていた。その心の師が自分の作品を読んでくれた。その感動で宋玉は胸がいっぱいになった。

「作品は軽妙洒脱で面白い。韻も比喩もよく練られている。だが、風刺に問題がある。王政への批判は直に言うべきで、皮肉ってはならない。権力者は自分が皮肉られれば、愚弄されたと勘違いし、恨みを抱く。そのことを忘れず、これからも励むように」

それだけ言うと、屈原は去っていった。

残された宋玉が感動に震えた。屈原が自分の作品を読んでくれただけでなく、適切な注意も与えてくれた。何と有り難いことなのか。宋玉はそのことに感激していた。宋玉にとって、屈原が宋玉の賦を批評してくれたことは、宋玉のことを弟子と認めてくれたことと同じだった。

——私は三閭大夫様の弟子なのだ。

宋玉はそう強く思った。

そのあまりの嬉しさに、宋玉は暫くそこを動くことができなかった。ただ、胸に迫る感激に浸るだけだった。

二

――子蘭は絶対に許せない。

屈原はそう思い、明堂で子蘭を激しく批判した。

張儀《ちょうぎ》も許せないが、張儀は秦の臣である。秦の側から見れば有能な能吏《のうり》といえた。しかし、子蘭は違う。子蘭は楚の公子である。楚を護り、楚の民を護り、楚の国王を護らなくてはならない。それなのに、国を、国王を秦に売ったのである。その男が、令尹でいることが屈原には許せなかった。また、そのことに気づかぬ、頃襄王の暗愚《あんぐ》さにも腹が立った。

このままでは楚は滅びてしまう、と屈原は思い、その心は怒りで燃えていた。子蘭が父の懐王《かいおう》を武関《ぶかん》へ行くよう勧めたことを、屈原は事あるごとに非難し、子蘭を厳しく糾弾し続けた。

その屈原を子蘭は心底、恐れた。

――このままでは、自分が楚から追放されるかも知れない。

子蘭はそう思い、屈原の排除を画策し始めた。

実は、屈原を嫌っていたのは子蘭だけではなかった。頃襄王もまた、屈原に怨みを抱いていた。屈原の提言で、自分が斉《せい》へ人質として送られたことを、頃襄王はいまだに許せなかった。

屈原を明堂から永遠に追いだしてやろう、と頃襄王は密かに考えていた。

しかし、屈原は楚への功績第一位の賢臣である。国民は皆、屈原を慕っており、明堂の中にも屈原を尊敬している百官や百将は少なくなかった。たとえ王であっても、そう簡単には、屈原を明堂から排斥できなかった。しかし、子蘭と頃襄王、この愚かな二人の思惑が一致する出来事が勃発する。

頃襄王元年（紀元前二九八年）の秋、秦の大軍がまた楚に進攻してきた。楚にはそれに対抗できる軍勢がなかった。頃襄王は屈信《くっしん》にわずかな兵を与え、秦軍と戦わせようと考える。

そのことに対して屈原が猛烈に反対した。

「屈信は楚の次代の大将軍となる貴重な人材です。寡兵《かへい》で秦軍と戦わせ、もし失うことになれば、楚の将来にとって甚大な損失となります」

本当は、屈原がそう進言してくることを頃襄王は狙っていたのだ。頃襄王は自分が斉の人質となっていた時、その行動を見張っていた屈信のことも、屈原同様に許せなかった。頃襄王はこの機会に、屈原と屈信の二人を同時に排除しようと企んでいた。

頃襄王は屈原の進言に耳を貸さず、屈信にごくわずかな兵を与え出兵させた。屈原が危惧した通り、屈信はこの戦いで戦死し、楚は十六もの城を落とされ、大事な領土を幾つも失った。

その知らせを受けた屈原は、明堂で激しく頃襄王を非難した。頃襄王はその時を待っていた。頃襄王がうるさそうに、右手を細かく動かして屈原を退けた。それから左を向いて、子蘭に目で合図をした。

子蘭が小さく頷き、指を鳴らした。

それを聞いた一人の男が頃襄王の前に進みでて叩頭《こうとう》する。

上官大夫の靳尚《きんしょう》であった。かつて、屈原のことを懐王に讒言し、屈原を最初に追放させた男だ。この男がまだ上官大夫として、楚の明堂に残っていた。鄭袖《ていしゅう》と子蘭の親子が庇護していたのである。

靳尚が子蘭の命を受け、またもや屈原のことを讒言した。頃襄王はその讒言が行われることを待っていたのだ。ありとあらゆる嘘で固められた屈原への讒言が、靳尚の口から次々と語られた。

靳尚の言葉を聞いた頃襄王が躊躇することなく、屈原を南方へ追放するように命じた。しかもそれは、時間が経てば復帰が許される配流ではなく、郢《えい》からの永久追放だった。とうとう、屈原は頃襄王の命令によって、楚の江南の地である長沙《ちょうさ》へ流謫されてしまった。屈原は二度と郢へ戻れないどころか、生まれ育った屈邑《くつゆう》にも帰れなかった。その領地さえも取り上げられたのである。

誰もが知るように、屈原には何の罪もなかった。ただ、頃襄王と子蘭に嫌われただけである。それなのに、この酷い処分に楚の人々はみな眉を曇らせた。

三

南へ流されてゆく屈原の眼前には、雄大な湘江《しょうこう》の流れが横たわり、その豊かな水は洞庭《どうてい》湖《こ》へと注がれていた。

――この流れを二度と北上することはない。自分はこの江南の地で絶えることになるだろう。

屈原の眼から涙が幾筋も零れ落ちた。

いきなり、屈原が髪に手をやり、結んでいた紐を切った。

ほとんど白髪に変わっていた髪が解け、銀色に輝く総髪が風に舞った。

「原《げん》様……」

汪立《おうりつ》が驚き、言葉を詰まらせた。

髪を結んでいた紐を切るということは、絶対に大夫に戻らないということである。百官であることをやめ、市井《しせい》に暮らす一人の民になる、という決意の表れであった。今後はどんなに請われても、二度と頃襄王を助けることはない、という頃襄王に対する屈原の強い意志表示だった。

屈原の頭の中を幾つもの言葉が浮かんだ。それを書き留め始める。驚いたことに、その言葉は辞ではなく、宋玉が得意としていた問答形式の賦であった。

屈原はすでに追放され江潭を彷徨っている
歩きながら沼の畔で痛みに呻く

顔色はやつれ果て
姿は枯れ木のように痩せている
老いた漁父《ぎょほ》がそれを見て尋ねた
あなたは三閭大夫様ではありませんか
どうしてこのような所におられるのですか

屈原が答える

世の中全部が汚れ
私一人が清く高潔だった
世の人々は酔って理性を失い
私一人が覚めていた

そのことで私は追放された

漁父は言った

聖人は物事にこだわらず
世の中の推移に順応するものです
世の人々がみな汚れているのなら
どうしてその泥を一緒にかき回して
あなたもその泥の波を被らないのですか

人々がみな酔っているのなら
どうしてその酒粕を食べ
その粕酒を飲まないのですか

どうして深刻に思い悩み
一人だけ周りから浮き上がり
自分で自分を追放させたのですか

屈原は言う

私はこう聞いている

髪を洗ったばかりの人は必ず冠の塵を払い
入浴したばかりの人は衣を振るって塵を落とすと
どうして清廉潔白な私の体に
汚れを受け入れることができようか

それならばいっそ湘江に身を投じ
川魚の餌食となってその腹に葬られても
どうしてこの純白な心と体に
世俗の塵埃《じんあい》に塗《まみ》れることができようか

漁父はにっこりと笑い
櫂の音を立てて去って行こうとする

その時
漁父はこう歌った

滄浪《そうろう》の水が澄んでいるなら〈兮〉
冠の紐を洗いなさい

滄浪の水が濁っているなら〈兮〉
足を洗いなさい

漁父はそのまま去り
二度と語り合うことがなかった

屈原の心は千々《ちぢ》に乱れていた。それがこの賦に多くの対句的な表現を取らせた。賦全体に、もっと世渡りの上手な生き方ができたのかも知れない、という後悔が滲んでいる。しかも、この賦には兮《けい》がほとんど使われていなかった。

何故なら、これは辞ではなく、あくまでも賦であったからである。弱い心の屈原と強い意志の屈原が、正面から対峙した賦だった。そして、そこには楚の明堂に対する、明確で強い風刺が記されていた。

屈原はこの賦に『漁父《ぎょほ》』という題名を与えた。のちの人々はこれを『漁父辞』と呼んだ。人々は、この賦を用いて書かれた作品が、屈原のものだと知らせるため、敢えてそこに辞をつけた。それだけ『漁父』は特殊な作品であった。しかし、そこに書かれた本意は『離騒』に記された、乱の内容と変わらなかった。屈原の心の奥底には、いつも自分の哲学に殉じたい、とする思いが強く息づいていた。それがここでも湘江に身を投じ、川魚の餌になってもよいとする表現に帰結している。

書き終わった屈原が茫然と湘江を見た。

「原様、先を急ぎましょう」と家宰《かさい》の汪立が屈原に優しく声をかけた。

汪立は絶えず屈原と共にあった。屈原が明堂に出仕すれば郢へ同行し、漢北に配流されれば一緒に漢北へ行った。屈原の行く先々で住まいを手配し、家人を雇って屈原の暮らしを助けた。汪立は屈原にとって最大の理解者であり、最高の家臣であった。

「汪立、苦労をかけてすまぬ」と屈原が汪立に詫びた。

「何をおっしゃいますか。原様のお役に立つことが私の喜びです。苦労などと思ったことは一度もございません」

汪立が明るく笑った。その笑顔に屈原は救われた。

「さあ、行きましょう」と汪立が屈原を促した。

屈原は黙って頷き、軒車《けんしゃ》へ向かって歩き始めた。

四

頃襄王と子蘭による愚政は、楚を次第に窮地に追いやることになる。だが、臣下は誰もそのことに気づいてはいない。それほど、楚にはもう人がいなくなっていた。

頃襄王三年（紀元前二九六年）、楚の国に驚愕の悲報が届く。懐王が秦で病死したというのだ。

この前年、懐王は秦を脱出して、趙《ちょう》へ逃げようとした。しかし、秦との関係が悪化することを恐れた趙王は、懐王の入国を認めなかった。懐王は再び秦に捕まって、牢獄に幽閉されてしまった。絶望した懐王は牢内で病に倒れる。そして翌年、病死した。

屈原の進言を聞かず、悪童である子蘭の言葉を信じた結果の悲劇であった。楚の人々は懐王の死を悼み、同時に頃襄王や子蘭の愚かさに怒りを覚えた。本来ならば、頃襄王は楚軍を編成し、懐王の仇を取るべく、秦へ侵攻すべきであった。だが、頃襄王にはその気概もなく、従う将軍もいなかった。令尹に据えた子蘭は何の役にも立たず、頃襄王の周囲には、ただ王に媚びるだけの佞臣や奸臣《かんしん》しかいなかった。

配流先の江南の地で懐王の死を知った屈原は、天を仰ぎ嘆き悲しんだ。涙が零れて落ちて止まらない。

王は凡庸であってもよいと、屈原は考えていた。その代わり、有能な者を配下に集め、その知恵を活かすことが大切だった。優れた人さえ集めれば問題はない。屈原はそう思っていた。だが、残念なことに懐王はそれすらできなかった。懐王の周りには、王や夫人に取り入るだけの佞臣だらけであった。これでは楚の国がよくなるはずがなかった。だが、いまの王である頃襄王はその懐王より暗愚で、酷かった。

屈原は亡くなった懐王に思いを寄せながら、楚の国の行く末を案じていた。このままでは秦にのみ込まれて、楚がなくなってしまうのではないかと危惧し、屈原は暗澹《あんたん》たる思いに襲われていた。

五

父が秦で獄死したというのに、頃襄王は秦を恐れ、ひたすら恭順の意を明らかにして、秦に隷属することに邁進していた。確かに、それにより数年間、秦からの侵略はなく、楚の人々はわずかな平和を楽しんだ。それはまるで、楚が再び繁栄を迎えたような錯覚を、楚の人々に感じさせた。だが、本当は蠟燭の炎が消えかかる寸前、弾けるように輝く一瞬の光に似て、儚い繁栄であった。

楚の人々は瞬時であったが、頃襄王の治世に希望を持った。この楚王はそんなに悪い王ではないのかも知れない。そう思い始める人々も生まれた。そのことが、楚の国や人々に油断を与えることになった。

秦では楚と休戦している間に国政を改革し、ほかの国々を攻めながら国力を蓄えていった。そんな秦の未来を大きく左右する人物が、歴史の舞台に登場する。

秦の昭王十二年（紀元前二九四年）、魏冄《ぎぜん》が昭王に一人の将軍を推挙した。

その人物こそが白起《はくき》である。

昭王は白起を〝左庶長《さしょちょう》〟に命じた。左庶長とは、二十段階に分かれていた秦の爵位の中間に位置しており、初めて授与される爵位としては非常に高位であった。それだけ、白起に期待するものが大きかったといえるだろう。事実、白起の登用によって、秦の兵力が飛躍的に強化されることになる。

昭王十三年（紀元前二九三年）、いままでの秦の侵攻に危機感を募らせていた韓と魏は同盟を結ぶ。さらに、その同盟に東周までを巻き込み、同盟軍を結成した。何とかして、秦の圧力に対抗しようとしたのである。

同盟側は魏将の公孫喜《こうそんき》を大将に起用し、三ヵ国の連合軍を秦へ向けて進軍させた。それに対して、昭王は白起を〝左更《さこう》〟に昇格させ、軍勢を与えると、その連合軍を迎撃する。

両軍は魏の伊闕《いけつ》で激しく激突した。白起の見事な軍略によって連合軍は総崩れとなり、大敗を喫す。連合軍はこの敗戦で、二十四万人の兵士が斬首された。秦は伊闕のほか、五つの城を得て、東へ大きく進出する。破れた大将の公孫喜は捕虜となり、処刑された。

戦いを勝利に導いた白起は、昭王から〝太尉《たいい》〟（国尉ともいう）に任命される。太尉は最高の軍事長官で、秦においては丞相《じょうしょう》、御史大夫《ぎょしたいふ》と並んで三公と呼ばれ、国政の中心を担った。

太尉となった白起の勢いは止まらず、さらに東へ深く進攻し、広大な領土を奪い取った。こうした一連の戦いの勝利により、「秦に不敗の神将白起あり」と、その名が中国全土に轟き渡った。

翌年、白起は〝大良造《だいりょうぞう》〟に任命される。大良造は秦における最高官職で、国政と軍政の両方の大権を握るものであった。

大良造になった白起は大軍を率いて、いよいよ楚へ侵攻した。この戦いで楚は大敗し、宛《えん》の領土を占領されてしまう。頃襄王は自ら軍を率いて戦う覇気もなく、ただ秦を恐れて恭順の意を表すことしかできなかった。頃襄王は秦に使者を送り、秦の王女を娶ることで和睦を申し込んだ。

そのことで、楚の人々は目が覚め、ほんの一瞬でも、頃襄王に幻想を抱いたことを深く恥じた。これ以降、楚は秦に従属する屈辱の時代を過ごすことになる。すべてが、暗愚な頃襄王と劣悪な子蘭とによる愚政の結果であった。

頃襄王の秦に対する隷属的な外交は、止むことなく続いた。頃襄王は本当に不甲斐ない王であった。秦の昭王の言う成りに行動する頃襄王は、まるで昭王の臣下のようであった。縦横家《じゅうおうか》の蘇秦《そしん》は、「寧ろ鶏口と為るも、牛後と為る無かれ」と言ったが、いまの頃襄王は正しく牛後となっていた。

頃襄王十四年（紀元前二八五年）、頃襄王は秦の昭王と宛で会合して、改めて和睦を結んだ。翌年、秦・韓・魏・趙・燕らと共に斉を討ち、淮北《わいほく》を攻め取った。懐王の時代、あれだけ共に秦と戦ってきた盟友の斉を、頃襄王は平気で裏切った。

その翌年の春、秦の昭王と鄢《えん》において再び会合し、秋には穰《じょう》において、また昭王と会見を行った。頃襄王は昭王の機嫌取りに忙殺され続け、そのたびに楚の百官は右往左往した。

楚は完全に秦の属国と化したのであった。

六

屈原は楚の衰退に心を強く痛めていた。国力が衰えただけではない、国民が貧しさから離散している。そんな重大な時に屈原は追放の身であり、また武器を手に取って戦う兵士にもなれなかった。

屈原は楚の大事に臨んで、何一つできない自分に怒りを覚えた。国が疲弊しているのに自分は何も手助けできない。その無念な思いが、重い言葉となって屈原の口から発せられた。

もはや天命は正しいものではなく〈兮〉
人々はひたすら恐れおののいている

民は離散して離ればなれになり〈兮〉
仲春には東へと移って行く

私も故郷を去り遠くへ行こうとし〈兮〉
江水と夏水《かすい》に沿ってさすらい流れる

楚を離散した民と同じように、自分もまた郢を追われた離散の民であるとうたった。そして、郢に帰ることができない自分を嘆いた。いくら奸臣や佞臣の存在を糾弾しても、それを記せば記すほど自分の哀しみは深くなる。屈原はそう思いながら、乱にまでたどり着いた。

終わりに言う

遙か遠くを見渡し

ただ帰りたいと願っても〈兮〉
叶うのはいつの日か
鳥は飛んで故郷に帰り〈兮〉
狐は古巣に頭を向けて死す
私は罪もなく放逐《ほうちく》され〈兮〉
日夜故郷を忘れることはない

屈原はこの作品に『哀郢《あいえい》』という題名をつけた。楚の都である郢を懐かしみ、さらに自分が追放されたことを哀しむ。その思いからつけられた題名であった。

第九章　汨羅《べきら》

一

頃襄王《けいじょうおう》が屈原《くつげん》の配流先を長沙《ちょうさ》から羅城《らじょう》へと改めた。それは、屈原を二度と郢《えい》には戻さぬという、強い意志表示であった。頃襄王の本意を知った屈原はそのことに絶望する。その屈原が失意の中で長江を船で渡ろうとしていた。

川上から吹いてくる風が屈原の心と反して心地よかった。長江がわずかに波立ち煌めいている。船は長沙から洞庭湖《どうていこ》へ向かい、静かに北上していた。

九月の下旬だというのに江南の秋は暑い。雨季が終わり、猛暑の日々が続いている。川面に陽炎が揺らめき、遥か遠くに蜃気楼が見えた。

屈原は舳先に腰を下ろし、絹帛《けんぱく》に筆を走らせている。屈原は五十八歳になっていた。鬢《びん》と髭《ひげ》はすでに真っ白い。しかし、その顔は変わらず端正で凛々しかった。ただ、その顔を深い憂いが覆い、屈原が少し怒っているようにも見えた。

屈原の胸中を、激しい哀しみと憤怒の思いが湧きあがってくる。その激情が屈原の脳裏に、次々と言葉を浮かびあがらせ、それを絹帛に書き綴っていた。

私は幼い時より
変わった衣服を好み
年老いても
その趣向は変わらない

光り輝く長い剣を帯び
冠は雲の先端を切るほど高い
明月を背にして美玉を帯びる

屈原は自分がかつていかなる人物だったのか、それを具体的に記した。言葉を紡ぐうちに、義憤と哀惜の思いが、屈原の心から溢れだす。

楚の世間は濁り切り
私の真心を知る人はいない

屈原がいまの心情を切々と記した。そして、屈原の意識が現実社会から、理想の世界である天界の崑崙《こんろん》へと、大きく飛翔した。屈原の得意とした技法であった。

私はまさに空高く登ろうとし
俗世を振り返ることはない

青い龍に乗り
白い螭《みずち》を添え馬にして

私は重華《ちょうか》にさまよい歩き
崑崙の地に行こうとする

空想の世界を歩んでいた屈原の意識が、再び現実世界へと戻る。屈原が、南方へ配流されていく自分の姿と思いを冷静に記す。

　ただ悲しい
　私を知る者はおらず
　南夷《なんい》の地には

　明日には
　長江と湘江を渡るだろう

　そのあまりの無念さに、屈原の眼から涙が一筋流れ落ちた。必死で筆を走らす屈原の背後に汪立《おうりつ》が近づいた。

「原《げん》様、暗くなってきました。船内へお戻りください」

「汪立、もうそんな時間か」と屈原は答え、辺りを見回した。

船の周りの風景が一変していた。先ほどまで、屈原を照らしていた陽が落ちかけ、薄い闇に包まれ始めている。時が経つのも忘れて、屈原は創作に没頭していたのだ。

「汪立、何故、私はこれほどまで、頃襄王に疎まれるのだ？」

屈原が無念そうな口調で、汪立に聞いた。

「それは原様があまりにも、真実を語るからだと思います」

汪立が、そう答えた。

それを聞いた屈原が再び汪立に問いかけた。

「私が真実を語ることは、それほどの罪なのか？」

「時には……」と汪立が言葉を濁し、目を伏せた。

いままで屈原は明堂《めいどう》で幾度となく真実を語り、頃襄王やほかの百官たちと激しく衝突してきた。

自分はそのたびに政敵をつくってきたのだろうか、と屈原は思い、改めてそのことの善悪に思いを巡らした。

——汪立が言うように、それは過ちであったのかも知れない。ただ、自分としては百官と対立するため、執拗に真実を主張してきたわけではない。すべてが楚王のためであり、楚《そ》の国のためであり、楚の人々の幸せのためであった。そのことを、楚王はどうして理解してくれないのだろうか。

屈原はそのことに無念さを感じた。

「わかった、汪立。さあ、船内に戻ろう」と屈原が汪立に声をかけた。それから屈原は筆を取り、手早く絹帛に『渉江《しょうこう》』と記した。

渉江とは長江を渡るという意味である。それが時を忘れて書き綴った、この作品の題名であった。その絹帛を屈原は汪立に渡し、「汪立、これがいまの私の気持ちだ」と言って、去っていった。

汪立は手渡された『渉江』に目をやって、思わず身震いした。『渉江』は『離騒《りそう》』と同じ手法で書かれた辞《じ》で、余という主人公が登場していた。そして、そこには思いがけない言葉が幾つも並んでいる。

最初に余が自らの優れた資質を語っている。ところが、余が世間に受け入れてもらえない。世間から理解されないのだ。そこで、余は崑崙に理解者を求めて、歩みを進めようとする。ここで、作品の舞台が変わる。そこからは余が南方へ流浪する様子が書かれていた。

汪立はこの部分がまず気になった。崑崙の世界の有様を描かずに、いきなり余は現実世界へと立ち戻っている。それは、『哀郢《あいえい》』の技法と同じで、〝天界游行〟という、屈原が最も得意とする神秘世界に関して、何ら言及していない。『哀郢』も『渉江』も辞であるが、巫風《ふふう》ではなかった。むしろ、独白といった方がよいだろう。

それらの辞は楚の人々にうたわれることを意図していなかった。この二つの辞は、現実に追い詰められた屈原の姿と、楚の国の状態を表現するだけのものだった。

上手くは言えなかったが、汪立にはこれらの辞がいままでとはまるで異なる韻文のように感じられた。しかも、『渉江』の本歌の終わりが、特に恐ろしかった。そこには、次のように記されていた。

私は正しい道を歩むことをためらわない〈兮〉
暗い境遇のなかで身を終わる覚悟のもとに

そこには「身を終わる覚悟」と書かれていた。その語句に汪立は恐れを感じた。あまりにも死の香りが漂い過ぎているのだ。それだけではなかった。乱の終わりも尋常ではない。

信念を抱いて立ちすくんでいたが
ふと私はどこか遠くへ行こうと思う〈兮〉

屈原は一体どこへ行こうと思っているのだろうか。事情をよく知らない人が読めば、長沙から洞庭湖へ行くのだろう。そう思うかも知れない。

しかし、汪立の脳裏には、『離騒』の最後の句が瞬時に蘇った。『離騒』では次のような一句で終わっている。

私はこれからまさに彭咸《ほうかん》の居る所へ行こう

やはり、屈原が本当は危険なことを考えているのではないだろうか。もしかしたら、『哀郢』や『渉江』は、屈原の遺書ではないだろうか。汪立はそのことを危惧した。

——これからは、いま以上に原様の行動に注意を払わなくてはならないだろう。どんな時も、原様から目を離してはいけない。いつでも側にいて、おかしな行動があれば絶対に止めなければいけない。

汪立は強く思った。

二

赤土が固められた汨羅江《べきらこう》のふちを、屈原一行の軒車《けんしゃ》が静かに進んで行く。汨羅へと向かう道の緑が次第に深くなり、遠くを眺めれば、白くごつごつした岩が、筍のように空へ向かって聳《そび》え立っている。玉笥山《ぎょくしざん》である。汨羅はもうすぐであった。軒車はその速度をさらに速めた。

やがて、屈原一行の眼前に汨羅の大門が見えてきた。その門をくぐり、大きな通りへ入った。これが汨大道である。その汨大道を少し行き、左に曲がると汨羅の中心街にたどり着いた。

汨羅は長沙ほど大きな街ではなかったが、旅人が宿泊できる飯店や賓館《ひんかん》もある。外食できる餐館《さんかん》なども多い。街の中心から伸びている北路を進むと汨江大道にぶつかった。丁度、その左側の角に汪立が用意した屈原の館が見えた。それは屈原の想像以上に大きな邸宅であった。

建物は〝楼《ろう》〟と呼ばれる切妻造《きりづまづくり》の二階建てだった。細長い四角形をした敷地の周囲を、厚い磚《せん》の墻垣《しょうえん》が囲んでいる。その墻垣に沿って歩くと、南側に門庁があった。

江南の建築様式は江北とはまるで違う。江北の住宅は伝統的な四合院《しごういん》造りであった。四合院造りとは、敷地の四方を高い塀で囲い、広い中庭を中心にして、東西南北に住宅を配する建築様式であった。

それに対して、江南の住宅は庭園住宅である。屈原の邸宅は敷地の南から北にかけて、門庁・轎庁《きょうちょう》・正庁・内庁・内宅の五棟の建物が規則正しく一列に並んでいた。この並んだ建物群を〝落《らく》〟という。より規模の大きな住まいでは、この落の数が複数になることが多かった。

屈原の邸宅も落が二列あった。墻垣の内側に沿って建てられている落が辺落《へんらく》であり、その西側にある落が主落《しゅらく》だった。

辺落には花庁《かちょう》と呼ばれる宴席、そして、書房、使用人の部屋、厨房などが規則正しく並んでいた。それに対して、主落は家主や家族、来客などのための住まいである。辺落と主落との間には〝弄《ろう》〟と呼ばれる細長い通路が走っていた。

邸宅の入り口となる門庁は主落にあった。その門庁をくぐると中庭があり、その中庭を突き抜けると轎庁に出た。轎庁は来客が乗物を乗り降りする場所である。また、来客の従者や御者が休息するための部屋も用意されている。轎庁の奥には二ノ門があって、その先にまた中庭があった。そこを抜けると正庁に繋がっていた。正庁は来客をもてなす場所として建設された建物だった。

この正庁の先には、また中庭を挟んで内庁があり、さらにその先には内宅があった。内庁は家主やその家族が住み、内宅は若い婦人の住まいとなっている。

主落の西側には広大な庭園が広がっていた。庭園には花木や築山、池などが巧みに配されている。その池の周りを回遊路が走り、園内を散策できる。自然と造作物が見事に調和した世界がそこにあった。住宅と庭園との境に芍薬《しゃくやく》が群生しており、その先には芭蕉や梅の木が見られた。花木には小鳥が集まって啼いている。屈原の清廉さによく合致した清らかな庭園であった。

「汪立、よい館だな」と屈原が感激したように言った。

「はい。原様に喜んでいただき、何よりです」

そう言って、汪立が嬉しそうに笑った。

汪立が用意した汨羅の館は、配流の果てにやっと手に入れた安息の場といえた。

――ここならば、落ち着いて暮らすことができる。

屈原はそう思いながら、もう一度、館内を見回して、ほっと息を吐いた。

こうして屈原は、汨羅江の川辺にある汨羅の街に、新しい居を構えた。

三

頃襄王十八年（紀元前二八一年）、郢における怪しげな動きが、屈原のもとに伝わってきた。それを伝えたのは宋玉《そうぎょく》であった。宋玉は屈原に会うため、わざわざ船で南下してきたのである。

「三閭大夫《さんりょたいふ》様、お久しぶりでございます。ご健勝であらせられ、何よりでございます」と宋玉が挨拶をすると、その美しい顔をほころばせた。

――宋玉はやはり天下一の美丈夫だな。

宋玉を見た屈原は改めてそう思った。

壮年となった宋玉は一層その美しさに磨きがかかっていた。美しさだけでなく、屈原を見る優しげな眼差しが屈原の心を和ませた。宋玉の出現により、屈原の館が一遍に華やかなものに変わった。

「宋玉、こんな辺境の地まで足を運んでもらい、感謝に堪えない」と屈原が宋玉に礼を言った。

「何をおっしゃいますか。三閭大夫様は私の大切なお師匠様でございます。むしろ私が常日頃、ご挨拶に参れぬことをお詫び申し上げます」

宋玉が深くお辞儀をした。

「ところで宋玉、ただの挨拶に参ったというわけでもあるまい。郢で何が起きた?」

屈原がその目を光らせた。

「さすが、三閭大夫様です。私の動きなど、すでに見通されておられましたか」と言って、宋玉が苦笑した。それから宋玉がおもむろに口を開いた。

「三閭大夫様、雷弋《らいよく》という人物をご存じでしょうか?」

「雷弋……。はて、聞き覚えがないな。弋ということは狩人かな?」

弋とは矢に糸をつけ、鳥や魚を捕える狩猟道具のことである。

「はい」と宋玉が答えた。

「その雷弋がいかがいたした」

「はい、実は……」

宋玉が雷弋のことを語り始めた。

それによると、楚に雷弋と呼ばれている狩人がいる。弱弓と弋を巧みに操り、雁などを射る名人と呼ばれていた。その噂を聞き、頃襄王が雷弋を明堂に召しだした。狩猟好きな頃襄王は、雷弋に狩りの秘訣を聞こうと思ったのだ。ところが、雷弋が語ったのは、それとはまるで別の話だった。

まず、雷弋は「自分は小さい矢を放つだけの、取るに足らない男に過ぎない」と謙遜した後、「頃襄王様は楚の広大な地と賢才を持つ大王である」と言って、頃襄王を持ちあげた。それから、いきなり饒舌に語り始める。過去の聖王や賢臣たちの業績を例に挙げて称え、頃襄王ならばそれ以上のことができると述べた。そして、頃襄王に諸国を制覇するように説いたのである。

宋玉の話を聞き終えた屈原が口を開いた。

「雷弋は縦横家だな。しかも、身分を偽っている」

「縦横家は滅んだのではないのですか？」と宋玉が疑問を口にした。

「確かに縦横家は蘇秦《そしん》と張儀《ちょうぎ》の死によって衰退した。また、蘇代《そだい》や公孫衍《こうそんえん》などの縦横家もすでにこの世にはいない。だが、鬼谷《きこく》の遺した指南書である『鬼谷子』は存在し、いまも使われている。新たな縦横家が生まれていないわけではない」

屈原が何かを思い出すかのように目を軽く瞑った。それから目を開け、宋玉に聞いた。

「雷弋はどのような面体をしていた？」

「それが、仮面を被っていて、定かではないのです」

「仮面か、奇怪な……。年恰好は？」

「まだ三十前と思われます」

「その年で、それだけ達者な者は極めて少ない」

そう言いながら、屈原の脳裏にある人物が浮かんだ。

「克《こく》かも知れぬ……」

「克とは？」

「張克のことだ」

「どのような人物なのですか？」

「張儀の末子だ」

「張儀！」

思いがけない名前に宋玉は驚いた。

屈原が頷くと、言葉を続けた。

「張儀が亡くなった後、歴代の秦王が張克を庇護していたと聞く。とすれば、昭王の差し金か……」

不吉な予感が屈原の心をよぎった。

「罠かも知れん。宋玉、来てもらったばかりで済まないが、急ぎ明堂へ戻って、王に雷弋の言葉を聞かぬよう進言してくれ」

屈原の話を聞いて、宋玉も雷弋の話は秦の罠だと感じた。

「かしこまりました」と答えた宋玉が慌てて立ちあがり、正庁を出ようとした。その宋玉の背に向かって、屈原が言葉を投げかけた。

「宋玉、『高唐賦《こうとうのふ》』はよい作品だった」

「えっ、読んでいただけたのですか」

宋玉が振り返って屈原を見た。

「当たり前だ、弟子の賦《ふ》だから……」

思いがけない言葉が屈原の口から発せられた。

宋玉は屈原が発した弟子という言葉に、我を忘れて呆然としてしまった。そんな宋玉を気に留めることもなく、屈原が言葉を続けた。

「即興で詠んだということも素晴らしいが、その風景描写は卓越している」

宋玉には屈原の褒め言葉も頭に入らない。それよりも確認しなければならないことがあった。

「三閭大夫様、私は弟子なのですね？」と宋玉が尋ねた。

「宋玉、おぬしは先ほど、私のことを師匠と呼んだではないか。ならば、私はおぬしの師で、おぬしは私の弟子なのだろう」

そう言って、屈原が機嫌よさそうに笑った。

それを聞いた宋玉は感激で胸がいっぱいになった。礼を述べようとしたが、その言葉が上手く出てこない。

「三閭大夫様、有り難うございます」

宋玉はそう言うのが精一杯だった。そんな宋玉の様子を見た屈原が、わかっていると言わんばかりに大きく二度頷いた。それから、屈原の顔が再び厳しいものに戻った。

「宋玉、雷弋の件、くれぐれも頼む」

「かしこまりました」と宋玉が答えると、頭を静かに下げて、正庁から出て行った。その後には、宋玉の爽やかな薫りだけが庁内に漂っていた。

四

宋玉が郢への帰都に向かっている頃、楚の明堂では頃襄王が雷弋と二度目の朝見を行っていた。雷弋は頃襄王の最も痛いところを突いてきた。それは、頃襄王の父であった懐王《かいおう》が、秦に騙されて客死したことである。

そのことを取りあげた雷弋は、頃襄王に対して、「これ以上の恨みはない」と述べた。さらに、伍子胥《ごししょ》の名を挙げ、恨みを晴らすことの重要性を語った。

伍子胥とは春秋時代の楚の武人のことである。楚のお家騒動に関連して、父と兄を楚の平王に殺されてしまう。そのことを恨んだ伍子胥は呉へ奔《はし》り、呉を助けて楚を破り、自らの復讐を成し遂げた。

兵も領土も、何も持たなかった伍子胥でさえ、家族の恨みを晴らした。それなのに、四方五千里に及ぶ領地を持ち、百万を超える兵力を保持する大王の頃襄王が、恨みを晴らせないわけがない。雷弋がそう言って、頃襄王を煽った。

愚かな頃襄王は雷弋の言葉に踊らされて、秦を討つ決意をする。頃襄王がすぐに各国へ使者を遣わし、「共に秦を討とう」と合従を呼びかけた。だが、そんな勝手な提案に賛同する国など、どこにもなかった。

宋玉が郢へ戻ったのは、頃襄王が各国へ合従の使者を遣わした後であった。あと一歩のところで、宋玉は間に合わなかった。

頃襄王の愚策は秦を討つ計画だけに留まらなかった。頃襄王はこの機に斉《せい》や韓と連合し、秦を庇護する東周も一緒に滅ぼそうと目論んだ。それはあまりにも愚かな計画であった。その動きを知った東周では、赧王《たんおう》が王族の武公《ぶこう》を急ぎ楚へ派遣した。この時、武公と面談したのが楚の令尹《れいいん》の昭君だった。

昭君とは、懐王が秦で囚われた時に屈原の命を受け、斉で人質となっていた太子横《おう》（いまの頃襄王）を救出に向かった、あの昭睢《しょうしょ》のことである。人材の薄い楚にあって、比較的気骨があり、知恵もあった昭睢が令尹に登り詰めていた。

では、かつて令尹を務めていた頃襄王の酷薄《こくはく》な弟の子蘭《しらん》は、どうなったのだろうか。

いまからおよそ十年前、懐王が秦から戻ってこられなかった罪を、多くの楚人たちから問われ、子蘭は令尹を解任されてすぐに病死していた。頃襄王もさすがにその件で、子蘭を庇うことができなかった。その当時、市井《しせい》では子蘭は毒殺されたという噂が流れた。その真実はいまでも明らかになっていない。子蘭の後を継ぎ令尹となったのが昭睢であった。

東周の武公にとって、楚の令尹が昭睢であったことが幸いした。昭睢は武公の言葉を何の偏見も持たずに聞いてくれた。人の言葉をよく聞く耳を持っていたのが、昭睢の一番よいところだった。

武公は天下の主である天子を、元々は臣下であった楚王が誅殺すれば、大国同士の関係が悪化し、争いごとが絶えなくなる。また、多勢によって無勢《ぶぜい》を討てば、小国が今後一切、帰順しなくなる。武公はそう道理を説いた。

さすがに昭睢は頃襄王のように愚かではなかった。武公の説得を受け入れ、頃襄王に東周を討つことの害を言上した。昭睢の説得を受けて、頃襄王は渋々、東周を討つことを諦めた。

こうした楚の明堂での動きは逐一、秦の昭王のもとへ報告された。それを聞いた昭王が、王宮の右房で魏冄と密談を始める。

「頃襄王が策に乗ったようだな」と昭王が魏冄に聞いた。

「はい、見事に嵌《はま》りました」

「昔、張儀が言っていたと聞くが、やはり頃襄王は暗愚《あんぐ》だな」

「はい、そのようです。それにしても、張克は張儀に劣らず使えます」

「うむ。張克をここまで養ってきて役に立ったか。ところで魏冄、あとの準備は万全だろうな？」

「はい、既に用意は調っております。司馬錯《しばさく》がいつでも出陣できるように控えております」

「これで、楚の命運もあと数十年か……」

魏冄の返事を聞いて、昭王が満足げに笑った。

五

長安から羅馬《ローマ》までを結んでいたといわれるシルクロード。その重要な交易路の一つが河西回廊であり、そこに隴西《ろうせい》と呼ばれる要所の街があった。

楚の頃襄王十九年（紀元前二八〇年）の初春、この隴西から秦の精鋭を率いて、一人の猛将が出兵した。その将軍の名を司馬錯という。恵文王・武王・昭王の三代に仕えている老将で、蜀を併合した最強の猛将である。

のちの漢代に入り、その子孫の中から、歴史家の司馬遷《しばせん》が誕生する。その司馬遷が漢王朝以前の歴史を纏めた『史記』を編纂し、後世にまで遺した。またそれにより、中国の各王朝が前王朝の歴史を纏めるようになり、歴代王朝の歴史が遺ることになる。司馬遷もまた、屈原と並んで偉大な文学者の一人といえるだろう。

昭王の命を受けた司馬錯は隴西から出兵し、一旦、蜀へ回り込み、そこから楚へ向けて進撃した。司馬錯に従う兵士たちは何年にもわたり、蜀と戦ってきた秦の精鋭中の精鋭である。その軍勢に敵う相手など、弱体化した楚にいるはずがなかった。楚軍は敗北を続け、上庸《じょうよう》、漢北など、楚の重要な領土を次々と司馬錯に奪われた。司馬錯はさらに進み、黔《けん》中《ちゅう》までを攻め落とした。黔中は楚にとって長江右岸にある極めて重要な地域だった。その地を奪うことで、秦は楚の国の奥深くに橋頭堡《きょうとうほ》を築いた。

黔中陥落の知らせを、汨羅にいる屈原は暗い思いで聞いた。宋玉があと一歩で間に合わなかったこと。自分が楚の明堂にいなかったこと。それらのことを屈原は心から悔やんでいた。

それにしても、頃襄王は本当に愚かである。いや、それをわかっているのだから、令尹の昭睢は命懸けで頃襄王の無謀な計画を止めなくてはならなかった。屈原の怒りは頃襄王だけでなく、その周りにいる百官たちにまで向けられた。その怒りと嘆きを屈原は書かずにはいられなかった。いつものように言葉が自然と口から発せられた。

美しいあの人のことを思う〈兮〉
流れる涙を拭い佇む

友は絶え道も隔てられている〈兮〉
私の言葉を伝えることも出来ない

心は悶え苦しみ〈兮〉
暗い穴に嵌り先に進めない

屈原の発した言葉はただ暗く、その響きは重い。ここでうたった〝美しいあの人〟とは女性のことではなく、頃襄王のことである。どんなに頃襄王のことを思っても、自分の心は届かない。そのことを悲しく思い、屈原は心から憂いた。いままでの屈原の辞であれば、ここから激しく佞臣《ねいしん》や奸臣《かんしん》たちを糾弾するのが通常であった。しかし、いまの屈原は客観的に見つめるだけで、激しい言葉遣いを行わなかった。そして、最後は『離騒』と同じ終わり方をうたった。

私は独り南へと行く〈兮〉
彭咸の故事を慕いながら

屈原は最終的に、彭咸のように自分も哲学に殉じて逝きたい、と願った。いまの屈原にとって、ただ無為に生き続けることは、その哲学を滅ぼすことと同義であった。

〝美しく生き、美しく死す〟

それが、屈原が一貫して目指してきた生き方であった。憂国の士であり、憂国の詩人であった屈原は、楚の終わりと自分の終わりを冷静に見据えていた。

屈原はこの辞に『思美人《しびじん》』という題名をつける。

近代に入り、この美人とは誰のことを指すのか。それに関する論争が起こった。だが、屈原にとって、美人とは頃襄王のことであり、裏の意味として、屈原自身のことを意味していた。屈原は頃襄王のことを思い、自分の生き方を思い、うたったのである。ただ、その辞には深い諦観が込められており、もはや屈原は楚の為政者たちを糾弾することを諦めていた。

第十章　哀傷《あいしょう》

一

頃襄王二十一年の六月、汪立《おうりつ》が急に亡くなった。七十二歳だった。屈原《くつげん》は強い悲しみにくれた。ただひたすらに悲しい。いままで感じたことのない寂しさに襲われた。心にぽっかりと穴が開くとは、こういうことをいうのか、と屈原は思い、激しくその悲しさを実感した。

——汪立は自分が幼い時から、ずっと自分に仕えてきた。果たしてその生涯は幸せだったのだろうか。自分は主として相応しかったのだろうか。

屈原はそのことに思いを馳せる。

すると、「私は原様《げん》に仕えることができて、本当に幸せでした」と答える汪立の声が、屈原の耳に聞こえたような気がした。

人にとって生きるとは何なのだろうか。そのことを屈原は改めて考える。自分にとって生きるとは国政に携わり、さらに表現者として、辞《じ》を書き続けることであった。それがいま、政治的立場を失い、辞だけが残った。しかし、自分の辞は政治に影響されて発せられるものだ。政治的に失脚した自分には、その辞も既に死んでいるのではないだろうか。政治的に死に絶え、その辞も死んだとすれば、今後、自分が生き物として生きることに、どのような意味があるのだろうか。

それらの思いが屈原の脳裏を激しく駆け巡る。そして、屈原の心は彭咸《ほうかん》の生き方へ一層強く惹かれていった。そして、そんな心の屈原を厳しく諫める汪立は、もう屈原の側にはいなかった。

季節が雨季に入り、外では長雨が続いていた。その風雨を切り裂くように、窓の外で弦《げん》鼗《とう》の音がした。悲しくも切ない弦鼗の旋律が響き、それに合わせて歌声が聴こえてくる。古の楚《そ》の巫風《ふふう》であった。

屈原はそのあまりにも美しい歌声に心を奪われた。哀切歓喜《あいせつかんき》を激しく感じさせる節回しが屈原の心に響いた。

歩き巫《ふ》が一人でうたっているのだろうか、と屈原は思った。

歩き巫とは、町を歩きながら、神託や凶託をうたって告げる巫女のことである。いまではほとんどその姿を見ないが、かつては楚の街々にその姿があった。だが、これほど華麗で哀愁に富んだ歌声を、屈原はいままで聴いたことがない。

どんな巫女なのだろうか、と屈原はその歩き巫に強い興味を抱いた。

その声の主を探すため、屈原は霧雨で煙る汨羅《べきら》の街へ出た。声は汨羅江の方から聴こえてくる。声のする方へ近づくと、若い歩き巫が汨羅江の川縁《かわべり》に座ってうたっていた。長い旅を続けてきたのだろう、着ている襦《どうぎ》や褲《ずぼん》が埃で汚れている。

屈原は座ってうたっている歩き巫の前に回り、その顔を見て驚いた。まだ若く、見たこともないくらい美しかった。おそらく、年は十八歳前後だろう。そのあまりの美貌に屈原は息をのんだ。ただ美しいだけでない。古の妲己《だっき》や西施《せいし》にも負けぬ気品が漂っていた。いままで蠱惑的《こわくてき》な美しさの女性は見たことがあるが、この歩き巫のような、清純な美しさの女性に屈原は初めて出会った。

何よりもその澄んだ瞳に魅了された。深い湖のような青い眼をしている。見ていると、その中に引きずり込まれそうになる。

「隣に座ってもいいですか？」と屈原が声をかけた。

「はい」と答えた歩き巫がうたうのを止め、屈原を見上げた。

「怪しい者ではありません。汨羅に住む屈原と言います」

「えっ、三閭大夫《さんりょたいふ》様！」

歩き巫が驚いたように屈原を見直した。

「知っておられましたか」

「はい。この国で、三閭大夫様を知らない人はおりません」と言って、歩き巫が微笑んだ。

その笑いの美しさに屈原は再び驚いた。

屈原が歩き巫の隣に腰を下ろし、「お名前をお聞かせ願いませんか？」と少し遠慮気味に尋ねた。

「西嬌《さいきょう》と申します」

「西域の方ですか？」

「はい、月氏《げっし》の生まれです」

月氏はシルクロードのオアシス都市、敦煌の周辺を治めていた氏族である。ペルシャ系の民族だという説もあり、その眼は薄い青色をしていた。

「やはり、そうでしたか……。ところで、巫風はどこで学ばれたのですか？」

「母から教えていただきました。母は楚の人で、月氏の父と結ばれました」

「そうでしたか」

屈原はこれ以上、西嬌の身辺を問い質すのは不躾だと思った。歩き巫は街々を巡り、権力者や大商人に神託や夢占いをうたって金銭を得ていた。屈原はただそれに応えればよいのである。

「もしよければ、私の館に暫く逗留していただき、巫風を聴かせてはもらえませんか？」

屈原の丁寧な申し出を聞き、西嬌が黙って頷いた。

「館まで案内しましょう」と言って、屈原が立ちあがった。屈原に少し遅れて西嬌が立ちあがる。そこへ一陣の風が吹き、辺りに清々しい香りを残した。

二

頃襄王《けいじょうおう》の愚かな政治によって、楚の国は乱れに乱れ果てていた。すでに賢臣は明堂《めいどう》を去り、佞臣《ねいしん》、奸臣《かんしん》しか残っていない。民心は国から離れ、耕作地から離散する農民が増え続けた。そのため、楚の国力はますます衰えていった。

楚の様子をじっと窺っていた秦の昭王は、ついに時が来たと思った。すぐさま、昭王は五十万という大軍を白起《はくき》に与え、楚を徹底的に攻略するように命じた。その時、昭王は「たとえ、負けても退くことを許さぬ」とまで厳命した。

頃襄王二十年（紀元前二七九年）、不敗の名将白起は、不退転の覚悟で楚の攻略を始めた。白起は燃え盛る炎のように楚の国を蹂躙する。楚の軍勢は秦軍の猛攻に反撃することさえできず、ただ撤退を続けた。

白起の侵略は留まることを知らなかった。ついに秦軍が漢水流域の最重要拠点である鄧《とう》城《じょう》にまで達した。鄧城を抜けば、楚の副都である鄢城《えんじょう》がすぐ側であった。その鄧城を白起が簡単に陥落させた。

白起の眼前には副都の鄢城の城壁が見える。白起は鄢城の西に堤防を築き、漢水の水を大量に蓄えた。さらに、鄧城から鄢城までの水路を造成し、鄢城を水攻めにする。鄢城は水に沈み、その城中に逃げ込んでいた数十万人以上の民と兵が溺死した。

白起は鄢城を陥落させた後、西陵《せいりょう》までを攻め落とした。鄧城と鄢城、そして、その周辺の領地をすべて得た白起は、楚の牢に繋がれていた罪人を放免して、この地域へ移住させた。そして、この地を秦の南郡として領地化する。それにより、楚の領土深くに秦の国土が誕生することになった。それに満足した白起は秦へ帰還した。

その翌年（紀元前二七八年）、白起が再び楚の侵略を開始した。秦軍の前にはもはや、立ちはだかる楚の強兵すらいなかった。破竹の勢いで白起の秦軍は楚の奥へと侵攻し、首都である郢《えい》が呆気なく陥落した。その結果、秦に占領されてしまった楚の領土は、以前の半分以下となってしまった。こうして、楚の国力は著しく衰え、滅亡の道をたどることになった。この戦いの功によって白起は冊封《さくほう》され、秦の武安君《ぶあんくん》となる。


郢陥落の知らせは、すぐに屈原のもとへもたらされた。宋玉《そうぎょく》が慌てた様子で屈原の館にやって来た。随分と急いで来たのだろう、まだ宋玉の息があがっている。

「大至急、三閭大夫様にお会いしたい」と宋玉が屈原の家人に伝えた。

それを聞いた屈原がすぐ本庁に姿を現した。

「宋玉、何が起きた？」と屈原が問い質した。

「郢が落ちました」

美しい宋玉の顔が泣きそうなくらい歪んでいる。

――ああ、郢が秦の軍勢によって陥落したのか。

屈原は天を仰いだ。その眼には溢れんばかりの涙が浮かんでいる。

「郢が落ちたか……」と屈原が失意の声を漏らした。

宋玉が黙って頷いた。

「王はいかがいたした？」

「北方の陳県へ逃げました」

「百官も一緒か？」

「はい。ほかの臣下もみな陳県へ行きました。私だけは師にお知らせしようと思い、急ぎ長江を南下して汨羅へ参りました」

「王は遷都するつもりだな」

「そうだと思います。それ以外に楚が生き延びる方法はございません」

「だが、所詮は小手先だけの策に過ぎない。楚の終わりは変えられないだろう」と屈原が虚ろな目で言った。

屈原の指摘は正しかった。その後、楚はどんどん衰退し、郢陥落から五十五年後、楚は完全に滅亡することになる。

二人の間に長い沈黙があった。屈原が目を瞑って何も発しない。宋玉も黙り込む。重苦しい沈黙が続いた。やがて、「宋玉、ご苦労だった」と屈原が力なく言った。

「いいえ。私はこれから陳県へ行きますが、師はどうなされますか。私と共に陳県へ参りますか？」

「いや、それはできぬ。私は配流の身であり、帰参が許されておらぬ。共に参れば、おぬしに迷惑がかかる。それに……」

屈原が言葉の語尾を濁した。たとえ屈原が参上しても、楚の衰退は止めることができない。そのことを言おうとして、屈原は思い止まった。いまさらそれを語ったとしても、何の役にも立たなかった。

屈原の思いを察したように、宋玉が無言で頭を下げた。それから、宋玉は静かに本庁を後にした。

宋玉が帰ると屈原は内庁に戻り、西嬌を呼んだ。西嬌は内宅の二階に住んでいた。いつの間にか、汪立が務めていた家宰《かさい》の役目を西嬌が担っていたのである。

西嬌は屈原の庇護とその愛情によって、安堵で満たされていた。郢を旅立ってから数年が経つが、これほど安心して過ごせる日々はなかった。かつて、多くの権力者や大商人が西嬌を庇護してやろうと言ってきた。しかし、そのほとんどが西嬌の美貌に目が眩み、愛人にしようと思ってのことだった。

確かに歩き巫の中には、春を鬻《ひさ》いで生きている巫もいた。巫は神の言葉を伝えるため、人との媒介になり得た。それがいつの間にか、神と人との間を巫の体で繋ぐ役割を負うようになった。また、それを生業とする歩き巫も生まれた。だが、西嬌はそんな巫ではなかった。そのため、屈原と出会うまでは苦労の連続であった。それが、屈原の側にいれば、そうした誘惑の心配がまったくなかった。

西嬌は屈原に対して、いくら感謝しても、しきれない思いを抱いていた。汪立が亡くなってから滞りがちな屈家の諸事を、西嬌は自分から行うことにした。

——三閭大夫様に対するご恩は、自分の生涯を懸けて報いなくてはならない。

西嬌はそう思い、心に固く誓っていた。

そんな西嬌の秘めた思いを屈原が気づいていたかは不明である。ただ、屈原は結婚をしておらず、子供もいなかった。それで、突然、現れた西嬌のことを実の娘のように思い、可愛がっていたのである。西嬌が内宅に住むようになってから、屈原は西嬌の身の回りを世話するために、小鈴《しょうりん》という侍女を特別に雇い入れた。小鈴は西嬌の二つ下の十六歳であった。その小鈴を西嬌は侍女というより妹のように接した。屈原はその二人の様子をいつも微笑ましく見ていた。まるで、姉妹の子供を持った父親のような気持ちだった。

屈原は西嬙のことをただ大切にしただけではない。西嬙の歌声や弦籔を心から愛していた。西嬙がうたう興《きょう》を聴くことが屈原の喜びだった。それは遙か昔、郢の都で汪立と共に初めて聴いた、巫風の感動を胸に呼び起こしてくれた。そして、西嬙の歌を聴くたびに、自分の生涯を顧みた。

——汪立に連れられて、初めて郢を訪れてから五十余年。果たして、自分は何を為してきたのだろうか。二代にわたり楚王に仕え、疎まれて追放された。楚の国や人々を救うこともできず、その終わりを見ることになった。

屈原はそう思うと、悔いだけが心の中に苦く残った。その時、西嬙が姿を現した。その姿はいつものように凛として美しかった。

「お呼びですか」と西嬙が涼やかな声で屈原に聞いた。

「郢が陥落した。いま、宋玉が知らせに来た」

「郢が……」と西嬙が言葉を詰まらせた。

「王は、おそらく陳県に遷都するだろう。これからの楚は危険な混乱の時代を迎える。西嬙はその混乱が収まるまで、ずっとこの館に逗留しているがよい」

「宜しいのですか？」

「うむ、当然のことだ」

屈原は西嬌に混乱が収まるまでと言ったが、この混乱は収まることがないことを知っていた。

「西嬌、一曲うたってくれないか」

「はい。弦甕を取ってきますので、少しお待ちください」と言って、西嬌が内宅の二階へ向かった。

内庁に一人残った屈原が激しく慟哭した。

屈原は執政者であると同時に表現者であった。その表現はいつも屈原が考えてきた哲学と共にあった。それなのに、その哲学に基づく治世を行えず、しかも、頃襄王が誤った方向に進んでも、諫めることができなかった。そうした状態の中で、ここ数年、屈原が表現してきた辞は、いつも同じ内容となった。自分を嘆き、懐王《かいおう》を慕い、奸臣を糾弾する。そこに何ら新しい辞の世界が生まれなかった。それは、表現者としての死と同じだった。屈原は強い失意に打ちひしがれていた。

三

その年の五月五日。端午節の朝を迎えた。

西嬌が菖蒲酒の用意をしている。菖蒲を細かく刻み、粉状にして、それを老酒《ラオチュー》に混ぜていた。館中には既に艾《よもぎ》の人形が飾られている。楚では古くから、菖蒲や艾には邪気を払う力があると信じられていた。

屈原は西嬌の作った菖蒲酒を、西嬌と共に飲んだ。それから、一人、書房へ向かった。屈原がこの時間に書房へ行くのは珍しかった。ほんの瞬時、西嬌は不審に思ったが、何か急の用が生まれたのだろうと考え、そのまま屈原を見送った。

書房内では筆を手にした屈原が涙を流しながら、絹帛《けんぱく》に一編の辞を書き綴っていた。その構成はいままでと同じであったが、その言葉の持つ意味は大きく異なっていた。

陽気が盛んな初夏〈兮〉
草木は濛々と茂っている

心は痛み絶えず悲しい〈兮〉
急いで南の地へ行こうとする

辞の書き始めから、いきなり傷心の屈原が姿を現していた。それは珍しい書き出しだった。それから屈原は、いまの辛い思いを切々と綴っていく。

白を変えて黒とし〈兮〉
上を倒して下とする
鳳皇は籠のなかにあり〈兮〉
鶏や雉は空を翔けて舞う
玉と石とを混ぜ合わせ〈兮〉
ひとつの升で共に量る

佞臣や奸臣を弾劾する屈原の激しい言葉は、そこには見られない。淡々と治世の問題点を指摘するだけだった。そこには怒りよりも諦めの心が強く漂っている。屈原が次の言葉を書き連ねる。

恨みを堪えて怒りを静め〈兮〉
心を抑えるよう自分を戒める

憂患はあっても心は動かない〈兮〉
後世の模範になるため

道を進み北に宿泊する〈兮〉
陽は落ち暮れようとしている

哀しみに溢れているが口に出さない〈兮〉
やって来る死を待つだけである

自制した言葉が淡々と記されていく。言葉の奥に、深い諦観が見える。やがて、屈原の言葉は諦観を通り抜け、死へと強く傾こうとする。本篇を書き終わった屈原が乱を書き始めた。

終わりに言う

突然、ここから屈原が韻律を変えた。それまで奇数句に置いた兮《けい》を乱に入ると、それを偶数句に置いた。それは、言葉の終わりと国の終わり、さらに自分の生の終わりを、強く印象づけるための変化であった。そして、乱を次のような句で締めくくった。

重ねて痛み哀しむ
永久に嘆息する〈兮〉
濁った世間は私の心を知らない
人の心は変えることができない〈兮〉

死は避けられないと知った
生命を惜しむことなかれ〈兮〉

君子へ明らかに告げよう
私が死ぬことで
愛国者の模範になることを〈兮〉

屈原は自らの命を絶つことで、消えゆく楚の国の盾になることを宣言した。屈原は自分が左遷され、その後、登用されなかったこと、その間に楚の都である郢が秦によって陥落したことなど、ただそれを悲観して、死のうと思ったわけではない。

勿論、それらのことは腸が千切れるほど悔しい。だがすでに執政者として死に、表現者としても死に、愛する楚も死んだ。すべてが滅んだいま、自分の肉体だけが生き続けても、そこに存在の意味を見つけることができない。屈原にとって、生きることの意味がすべて失われていた。

最後に臨んで、屈原は楚人に向かって、清廉潔白に生きてほしい、国を愛し続けてほしいと、願った。やはり屈原は、どこまで行っても愛国の大夫で、憂国の詩人であった。屈原が書き終わった辞に『懐沙《かいしゃ》』という題をつけた。

四

菖蒲と艾の束を手に取った屈原が館の門を出た。門庁をくぐった所で屈原は後ろを振り返り、手にした菖蒲と艾の束を屋根の軒下に飾った。魔よけのためである。それは江南の古くから伝わる風習であった。屈原は館に残った西嬌や小鈴、そのほかの家人たちの安寧《あんねい》を心から祈った。

屈原が門を出ると、汨羅の街が珍しく賑やかさと華やかさに溢れていた。せめて節句の日だけは明るく祝いたいと、汨羅の人々が思っていたのだろう。その賑わいの中を抜け、屈原が汨羅江のふちへ向かった。

汨羅江の両岸には、すでに色鮮やかな色彩の絹糸を肩に巻きつけた多くの男女が、端午節を祝うために集まってきていた。みんな手に角黍《かくしょ》や酒を持っている。川岸には竜船《りょうせん》が何艘も繋留され、出発を待っていた。汨羅江に銅鑼が鳴らされる。その音を合図に一斉に竜船が放たれた。太鼓を叩きながら竜船が進み、川に酒が供えられる。華やかさの中に、祖先を敬う気持ちが込められた端午節が始まった。

時が過ぎ、端午節がおごそかに終了した。人々は帰り始め、汨羅江に静かさが戻った。祭りが終わるのを待っていたかのように、煙るような細かい雨が激しく降り始めた。汨羅の街へと続く赤茶色の道を、雨水が泥水となって流れだした。それは屈原の心の中から流れでる血のように紅かった。

もはや、屈原には逡巡するものがなかった。汨羅江の川面に薄い霧がかかり始めている。屈原は川辺にある少し小高い場所へ移動した。晴れていれば、そこから汨羅江の流れが覗ける。しかしいまは、川面は白い霧に覆われ始め、はっきりと見ることができない。ただ、川面を叩く雨音だけが屈原の耳に聴こえてくる。

屈原が周りにあった石を拾い集め、服の中に入れ始めた。服が石でどんどん膨らむ。次第に体の自由が利かなくなっていった。

ふと、屈原の瞼に西嬌の笑顔が浮かんだ。

――自分が汨羅江に身を投じたあと、西嬌にはいつまでも巫風をうたって、永く幸せに生き続けて欲しい。

屈原はそう願った。また、それを可能にする金銭も住まいも、西嬌には遺しておいた。屈原は全財産と館のすべての権利を、西嬌に遺産として遺したのだ。後は西嬌や小鈴、家人などの長寿を三皇《さんこう》に祈るだけだった。

――思い返せば、自分の人生は、それほど悪くはなかったのかも知れない。懐王や頃襄王には理解されなかったが、自分を心から慕ってくれる人たちの数は少なくない。

屈原がそう思うと、屈匄《くつかい》や屈信《くつしん》、宋玉、小鈴、西嬌などの顔が、次々と脳裏に浮かんでは消えていった。そして、最後に、汪立の笑顔が瞼に浮かんだ。

屈原が赤茶けた高台の上から汨羅江を見た。雨音は先ほどより強く、川面は濃い霧に覆われて、完全に見えなくなっていた。これならば、屈原の最期を誰にも見られることはなかった。

――丁度よい。機は熟した。

屈原が勢いよく汨羅江へ身を投じた。川面に大きな水音が響き、すぐにその音は霧の中に消えた。屈原の体が水中深く沈み、完全に見えなくなった。屈原は薄れゆく意識の中で、西嬌の弾く弦鼗の音と巫風の歌声を聴いたような気がした。

五

西嬌が書房に姿を現した。

何故か胸騒ぎがして、西嬌は書房に行かずにはいられなかった。書房には屈原の姿がなかった。机の上に一巻の絹帛が置かれている。西嬌が手に取って見ると、『懐沙』と題名が書かれていた。

墨がまだ充分に乾いていない。書かれたばかりである。この『懐沙』という言葉には〝沙石を懐く〟という意味もある。小石を懐に入れて、汨羅江に入水《じゅすい》するとも読める。

西嬌の脳裡に激しい不安が走った。西嬌が小鈴を書房に呼んで、すぐに聞いた。

「三閭大夫様はどこへ行かれましたか?」

「三閭大夫様なら、早朝に外へ出かけられました」

「そんなに朝早くからですか?」

「はい」

小鈴の返事を聞いて、西嬌の動悸が早まった。西嬌が手にした『懐沙』を一気に読んだ。

屈原の作品にしては八十一行の短い辞であった。読んですぐにわかった。これは辞ではなく、遺書である。その決意は最後の数句で明らかになっていた。

人の心はどのような理屈を並べても
変えることができない
忠義のために命を惜しんではならない
有徳の人たちにはっきりと告げよう
私は死んで愛国者の模範となる

そう書かれていた。それを読んだ西嬌は心から恐怖を感じ、体が震えて抑えきれない。

西嬌が甲高い声で小鈴に命じた。

「すぐに家人を集めてください」

小鈴が青い顔をして聞いた。

「何かあったのですか」

「三閭大夫様が汨羅江へ身を投げるおつもりです。大至急、竜船を手配してください」と
西嬌が小鈴に向かって言いながら、その体はすでに汨羅江へ向かって走りだしていた。

西嬌は思い切り走った。胸が潰れそうなくらい走った。一刻も早く汨羅江に行かなくて

はならない。屈原を見つけて、止めなくてはならなかった。気持ちは焦っていたが、その足は思ったように早く動かない。西嬌は自分がもどかしくてならなかった。

汨羅江の川面は乳白色に霞み、よく見通せない。空からは泣くように大粒の雨が落ちてきている。その中で、西嬌が川縁を右へ、左へ走って、屈原の姿を探した。だが、どこにもその姿が見えなかった。

「竜船はどこですか。竜船はどこですか」と西嬌は大声で怒鳴り続けた。汨羅江で働く漁民たちが集まってきた。西嬌が理由《わけ》を話し、竜船を集めた。漁民だけではなかった。小鈴や屈家の家人と共に、汨羅の人々がどんどん汨羅江へ集まり、竜船を出して屈原を探し始めた。しかし、屈原の姿は何処にも見つからなかった。西嬌は小鈴と一緒に竜船に乗り、屈原の名を呼び続けた。

このままでは三閭大夫様の体が魚の餌になってしまう、と西嬌は思い、そのことがひどく悲しかった。

西嬌が魚を追い払おうとして竜船から太鼓を叩いた。それを見たほかの竜船からも、一斉に太鼓や銅鑼の音が鳴り響き、汨羅江に大きな音が響き渡った。

川岸では女性たちが菰《こも》の葉で黍米を包み、濃い灰汁でそれを煮た角黍と呼ばれる粽《ちまき》を川に撒いている。何艘かの竜船が粽を取りに川岸へ戻って行く。それを汨羅江全体に撒いて、屈原の体が魚の餌にならないようにしようとした。

西嬌も粽を取りに戻ろうかと思ったが、どうしても動くことができなかった。

――自分は汨羅江から離れることができない。もし自分がここを離れれば、自分と三閭大夫様とを繋いでいる、三閭大夫様の命の糸が切れてしまう。

西嬌はそう思い、動けなかった。

西嬌が竜船の上から川面を見つめ、太鼓を叩き続けた。竜船に乗った人々が川面に向かって屈原の名を叫び、粽を撒き続けた。時が大きく過ぎても、いつまでも、いつまでも汨羅江に人々の声だけが虚しく響いていた。西嬌と小鈴は互いに手を強く握り合い、ただ泣くことしかできなかった。

汨羅江に夜が訪れ、川面は暗闇に包まれた。川岸には複数の篝火が焚かれ、辺りを照らしている。汨羅江にはもうほかの竜船が見られなかった。

「西嬌様、戻りましょう」と小鈴が悲しげに西嬌を促した。

西嬌が黙って頷いた。

二人を乗せた竜船が川岸へ進み、次第に闇に消えてゆく。それは二人の哀しみを乗せて、この世界から消えていくように見えた。

館に帰った西嬌は書房へ向かった。もう一度、『懐沙』を読んでみたかった。そこに残されている屈原の、最後の言葉を心に刻もうと思った。机上に置かれた『懐沙』を改めて手に取って、その下にもう一つ別の絹帛が置かれていることに気づいた。そこには、この館と財産のすべてを西嬌へ譲る旨が記されていた。西嬌がその絹帛を両手で胸元に抱き、大声を上げて泣き崩れた。

六

郢が陥落したのと時を同じくして、屈原が自死した。そのことを知った、すべての楚の人々が屈原の死を悼み、悲しみの涙を流した。楚の国は最も大切な人を失ったのである。

かつて、屈原は巫風でうたわれていた興や祝詞《のりと》を芸術としての辞にまで高めた。その才能と発想は天才としか言いようがないだろう。屈原が韻文に与えた功績を挙げれば切りがない。その中でも、韻律を整備し、比喩や修辞などを韻文に導入したことを讃える人が多い。

確かに屈原は自身の体験を基にして、韻文に強烈な感情を織り込み、新しい文学の世界を創りだした。特に、韻律を整えるため、詩句の中盤、あるいは終わりに兮という、音楽のように心へと響く文字を用いた。これは何よりも秀逸であった。しかし、それらは技術的な問題にしか過ぎなかった。本質的な功績ではない。屈原が韻文の世界で行った最大の功績は、文学表現の世界に社会性を織り込んだことである。

たとえ人は個人で生きていると考えていても、社会的な生きものだった。どんな人間も、社会の変化に関係なく存在することはできない。たとえば、恋愛や友情などの、普遍的な題材を表現するにしても、そこには生きている社会の影響が必ずあった。生きている時代や社会状況を抜きにして、真実の韻文は創れなかった。

屈原は戦国時代という激動の時代にあって、楚の国の為政者たちに翻弄されながら、国の在り方、人の在り方などを、生きている社会状況と共にそれを見事に綴った。だが、そこに記された屈原の純粋な心は、為政者に伝わることがなかった。

西嬌は屈原が「濁った世間は私の心を知らない」と詠んで、死んで逝ったことが、何よりも悔しくてならなかった。

――何としても、三閭大夫様の生き方、そして、その心を楚の人々に伝えなければならない。それが三皇《さんこう》から与えられた自分の使命に違いない。そのために自分は生かされているのだ。

西嬌はそう思い、激しく心を震わせた。

屈原の思いを最もよく表現しているのは、間違いなく『離騒《りそう》』である。これを超える辞は世の中に存在していない。西嬌がその『離騒』を幾度も読み返した。読むたびにその感動に胸が熱くなった。『離騒』は完璧な韻文であった。永く楚の人々の心に遺す必要があると強く思った。だが、『離騒』の全三七二句は、人々にとって覚えるにはあまりにも多過ぎた。おそらく、全句を口伝で覚えることなどできないだろう。このままでは、人々の間に『離騒』は遺らない。公族や貴族などの、ごく一部の貴人の間だけならば、いまの絹帛を転記し続けることで伝わっていくだろう。しかし、その絹帛を市井《しせい》の人々が読むことは極めて稀である。またそれを、人々が日常的に使用している、木簡や竹簡などへ転記するには、やはり文字量が多過ぎた。

——何とかして、屈原が『離騒』に込めた思いを、市井に暮らす人々の間に遺せないだろうか。

西嬌はその方策を考え続けた。

そして、ついにある結論にたどり着いた。それは『離騒』の句を抜粋して、歌謡にすることだった。『離騒』の精神を歌にして、人々の間に遺そうと思った。歌謡ならば、『離騒』のすべての詩句は残せないが、その心や思いを伝えられる。そうすれば屈原の意志を後世に遺せるだろう。西嬌はそう考えたのである。

問題は三七二句の中から、どの句を選びだすかであった。『離騒』では、人は清廉潔白な生き方をしなくてはならないとうたわれている。たとえ、その生き方が清すぎて、権力者たちに受け入れられなくても、人は清く生きなくてはならない。屈原はそう断言している。また、その生き方を実践し、追放された人が屈原本人であった。その生き方は、すべての楚人の誇りであり、手本とすべき生き方であるといえる。

本来ならば、屈原のすべての言葉が必要であった。どの句も屈原の思いが脈々と流れる血管であった。それを一つでも切り取れば、血が吹きだす。屈原の哲学そのものが崩れてしまうのだ。

西嬌は悩み続けた。

その結果、あることに気づいた。

句を選別することで、屈原のすべての思いを伝えることは、絶対に不可能である。それができるのは屈原本人だけだった。西嬌ができるのは、屈原の心の一部だけを確実に伝えることだけであった。それでよいのではないだろうか。西嬌の思いはそこに行き着いた。
――三閭大夫様が遺した『離騒』の中から、憎しみの言葉ではなく、愛の部分だけを選びだし、自分はそれをうたおう。三閭大夫様の楚に対する限りない愛情、憂国の心。そして、強い望郷の思いをそれに重ねてうたおう。それならば私でもできる。

七

屈原が亡くなって一カ月が過ぎ、季節は長い雨季を迎えていた。西嬌は雨音を聞きながら、屈原の言葉を抜粋し続けた。

朝には丘の上の木蘭《もくらん》を取り
夕べには中州の宿莽《しゅくぼう》を摘む

うたいだしは『離騒』の第十五句と第十六句でなければならない。西嬌は初めからそう決めていた。屈原の清廉潔白な人柄を、まず人々に知らしめなければならない。そして、その正しい生き方が、いかに世間に受け入れられず、誤った生き方が世間に広がりやすいか。それを伝えた屈原の言葉をうたわなくてはならなかった。
西嬌が『離騒』の中の言葉を慎重に選んでいく。幾つかの句を選び終わった後、『離騒』の終わりにたどり着いた。

先輝く天空の道を登れば
故郷が見下ろせる
御者も馬も悲しみ故郷を懐かしむ
幾度となく振り返っては進もうとはしない

この最後の四句は絶対にうたわなくてはならなかった。楚の国を愛する心の極みがここにあった。さらに、屈原が『離騒』の乱に書き残した句は、必ず入れる必要がある。乱は屈原自身が行った、『離騒』の要約だったからである。

国に人はなく
私を理解する者はいない

だが、その後に続く、

どうして故郷を懐かしむことができようか

という句は省く必要があった。何故なら、屈原の本心が誤解されることを避けるためである。この句は反語だった。もう二度と故郷を懐かしまない、という意味ではない。本当はとても懐かしいのに、この状態では懐かしめない。そういう屈原の無念の思いが秘められていた。その本心を誤解されたくなかった。

その句の代わりに、西嬌は一句だけ、自分の言葉を最後に付け加えた。それは西嬌の屈原に対する思いであり、楚の人々すべての思いでもあった。それが次の句である。

国に愛する人はもういない

――これでいい。これでできた。

ついに、『離騒』を基にした『楚歌』ができたのだ。強い詠嘆を籠めて、西嬌が弦鼗を弾き、それをうたい始める。

朝には
丘の上の木蘭を取り
夕べには
中州の冬草を摘む

正しい考えは弱く
それを伝える人は拙い
導く言葉の不確かさを
私は恐れる

世間は汚れ濁り
賢い者を妬む
好んで清廉を隠し
醜さを称える

光輝く
天空の道を登れば
故郷が見下ろせる

御者も馬も悲しみ
故郷を懐かしむ
幾度となく振り返っては
進もうとはしない

国に人はなく
私を理解する者はいない

国に愛する人はもういない
国に愛する人はもういない

思わず、西嬌が終わりの句を二回続けてうたった。それでも、屈原を哀悼する気持ちが、充分に表現できていないように感じた。

歌詞は完璧である。それなのに楽曲が不十分だ、と西嬌は感じた。

西嬌が幾度となく弦鼗の音を変えた。歌詞に合う節回しや旋律を探し続けた。西嬌がそれを繰り返したのち、微笑んだ。西嬌が満足そうに頷く。

とうとう、離騒を抜粋した歌ができあがった。そのできたばかりの歌を、西嬌がうたい始める。西嬌の作曲した旋律は、昔から伝わる楚の音階を反映していながら、それをさらに激しく表現したものになっていた。

最初の二句は低い音で始まり、静かにうたいだす。それから音程が次第に高くなり、頂点で一旦低くなる。それは渡り鳥が遠くへ羽ばたくために、一度、羽を休めるのに似ている。そして、最後の句の繰り返しを迎え、音が急にまた高くなる。最後は感情が爆発するようにうたい終わる。西嬌がその曲に『楚歌』という題名をつけた。

八

汨羅の人々は汨羅江の川縁《かわべり》に一人座り、弦鼗を鳴らして『楚歌』をうたう、西嬌の姿を見るようになった。雨季の激しい雨の中でも、夏の猛暑や秋の気だるい夜にも、西嬌は一人でうたい続けた。その美しい歌声は汨羅の人々の心を強く打った。これほど心を震わす曲は、いままで楚にはなかった。これこそが、楚の国の歌にふさわしい曲だった。

人々はその歌が屈原の『離騒』に基づいて創られた、『楚歌』という歌であることを初めて知った。人々は皆こぞって、その『楚歌』をうたうようになる。汨羅江の川縁で西嬌を囲み、多くの人々が集まって『楚歌』をうたった。これほど美しく、切ない歌を楚の人々は初めて聴いた。『楚歌』は汨羅だけでなく、水が布に染み入るように、楚の街々に広がり、楚の国全体でうたわれるようになっていった。

それから二年間、西嬌は休むことなく『楚歌』をうたい続けた。やがて、屈原が亡くなってから二度目の端午節を迎えた。

汨羅江には楚の国中から多くの人々が訪れ、みんなで西嬌の弾く弦鼗に合わせて『楚歌』をうたい、屈原を追悼した。そこには楚を代表する歌人の宋玉、唐勒《とうろく》、景差《けいさ》などの姿も見えた。

その翌日、忽然と西嬌の姿が汨羅から消えた。街を離れて、再び歩き巫として、『楚歌』を広めるために旅立ったのだろうか。それとも屈原を追って、汨羅江に身を投じたのだろうか。汨羅の人々はみな西嬌のことを案じ、その姿を探し回った。だが、西嬌の姿を二度と見ることは叶わなかった。

その後、西嬌はどうなったのだろうか。それは誰も知らず、誰も語ることがなかった。ただ、『楚歌』だけが楚の国に深く浸透していき、楚人なら誰もがうたうことのできる国の歌となった。

終章　忘却《ぼうきゃく》

屈原《くつげん》が死去してから三百年後。

秦の始皇帝が築きあげた統一国家の秦が滅んだ。

天下はその覇権を巡って、二つに分かれ相争っている。それが楚《そ》の項羽《こうう》と漢の劉邦《りゅうほう》による、五年間におよぶ楚漢戦争であった。その楚漢戦争も、ついに終わりを迎えようとしていた。

楚の項羽は背後から漢軍に襲われ、垓下《がいか》へと逃げ込んだ。生き残った兵士の数は少なく、兵糧もすでに尽きかけている。窮地に陥った楚軍を漢の軍勢や漢に味方する諸侯の兵士たちが、四方から幾重にも包囲していた。項羽たちは垓下の野外に陣を張るしかなかった。

深い闇が項羽たちを囲んでいる。味方の陣をかすかに照らす篝火以外、ほかに灯りはなにも見えない。

暗い漆黒の闇の向こうから、項羽の耳に心を震わせる歌声が聴こえてきた。その歌は自軍を囲んでいる漢軍の方から流れてくる。

朝には
丘の上の木蘭《もくらん》を取り
夕べには
中州の冬草を摘む

正しい考えは弱く
それを伝える人は拙い
導く言葉の不確かさを
私は恐れる

低く高く、魂を揺さぶるような音の響きは、間違いなく『楚歌』であった。項羽がまだ若い頃、自らも幾度となくうたった、懐かしい楚の国の歌である。望郷の思いが強く込められたその美しい旋律に、項羽は心を激しく動揺させた。

この『楚歌』が漢軍の方から聴こえてきたということは、味方である楚の同胞が多数、漢に寝返ったに違いない。

――ああ、漢は既に楚を征服してしまったのか。漢軍の中に何と楚人の多いことだろう。

深い絶望感に襲われた項羽が幾度も嘆息して落涙《らくるい》した。

覇王と恐れられていた項羽もまた人の子であった。『楚歌』の歌声に項羽は自らの天命を悟った。

――死ぬことは恐れていない。

項羽はそう思っていた。

しかし、人には自分の死よりも耐え難い辛い思いがある。項羽にとって、それが愛妾の虞美人《ぐびじん》や愛馬騅《すい》との別離であった。人生の終焉に臨み、そのことに思いを巡らすと、項羽の胸が強く締めつけられた。

――悲しくて、悲しくて、切なくてならない。

項羽はそう思った。

その思いを断ち切るように、項羽が虞美人の名を呼んだ。別れの宴を開くためである。

虞美人はすぐに現れ、項羽の命を受ける。

虞美人が宴席を用意している間にも、『楚歌』は聴こえてくる。

光輝く
天空の道を登れば
故郷が見下ろせる

御者も馬も悲しみ
故郷を懐かしむ
幾度となく振り返っては
進もうとはしない

国に人はなく
私を理解する者はいない

国に愛する人はもういない
国に愛する人はもういない

屈原の『離騒《りそう》』を基に創られた、楚人ならば誰もが知っていて、うたうことができる『楚歌』である。それを黙って聴いていた項羽が突然、悲憤《ひふん》に駆られたようにうたい始めた。

私には不動の山をも動かす力がある
天下を制覇する気概も持っている

ああ、それなのに
天運に見放されてしまった

俊足が自慢の愛馬も
これ以上は進めない

いまの私には
どうすることもできない
愛しい虞美人よ
ああ虞美人よ
そなたをどうしたらよいのか

いまの私は
それさえもわからない

項羽が万感の想いをこめて幾度も、幾度もうたう。虞美人や配下の者たちは、みんな地に座り、下を向いて涙している。

項羽がうたい終わる。すると、虞美人が項羽の辞《じ》に唱和する。立ち上がった虞美人が返歌をうたい始めた。

楚の地は
すでに漢の兵士に覆われている

地の四方からは
楚歌が聴こえてくる

覇王様の天運は
いま尽きようとしている

私は賤しき女

覇王様がいなければ
何もできない女

この先どうして
生き延びることができましょうか

虞美人の返歌を聴いて、左右を囲んでいた項羽の臣下たちはみんな声を上げ、泣き崩れた。誰一人として、項羽や虞美人の顔を仰ぎ見ることができない。そこにいるすべての人々の眼からは、とめどなく涙が零れ落ちた。

項羽と虞美人が別れを惜しむように最後の杯を交わす。

杯を飲み干した虞美人が立ちあがり、剣舞を激しく舞い始めた。

項羽の眼にはまるで孔雀が羽を広げ、天に昇っていくように見えた。踊り終わった虞美人が項羽を顧みて嫣然《えんぜん》と微笑み、それから手にした剣を自分の喉に突き刺した。

細く白い綺麗な頸元から深紅の血が流れ落ち、地を紅く染めた。鮮やかな朱色が次第に深く、濃くなっていく。地に滲みこんだ血が凝固して、土へと還っていった。

翌年、この地に可憐で美しい花が咲く。紅い雛芥子《ひなげし》の花である。人々はその花を〝虞美人草〟と呼び、永く愛しむことになる。

虞美人の遺骸を丁寧に葬った項羽が涙を拭った。目が恐ろしいほど吊りあがっている。覇王の顔だ。

夜陰を突いて、項羽が残りの兵士と共に出陣した。しかし、無勢《ぶぜい》の項羽は烏江《うこう》の戦いで敗れ、その地で自刃して果てた。

楚を必ず復興するという、項羽の夢はそこで儚くも消えてしまう。

たとえ、国が滅んでも山河は残る。だが、多くの国民に愛された楚の国の歌は、楚が滅べば消えるしかない運命だった。

覇王項羽の死は、『楚歌』忘却の始まりでもあった。

了

あとがき

四面楚歌という四字熟語を耳にした人は多いと思う。また、その言葉の意味もよく知られている。ところが、その楚歌の歌詞を知っている人は、おそらくいないだろう。さらに「どんな楽曲か?」と問われて、答えられる人は存在しない。

今日、楚歌はすでに失われ、悠久の時が流れている。それは、ある意味で不可思議な出来事といえる。項羽がそれを聴いてすぐに気づいたように、楚人であればみんなが知っていて、口ずさむことができた歌だったはずなのに……。

それが、どうして消えてしまったのだろうか。歴史はその答えを語ってくれない。ならば、いつものように、私がその真相を探ってみたいと思った。

しかし、残念なことに、何も確たる資料が存在していなかった。ただ風説で、楚歌は楚の詩人である屈原が書いた『離騒』という詩がもとになった、という見解が一部に存在するだけであった。

屈原は中国において、詩という体系を創始した偉大な人物である。屈原が遺したわずかな詩と、司馬遷が『史記』の中で記したほんの少しの経歴だけが、いまに伝わっている。あとは謎の人物なのである。

楚歌同様、屈原の詳しい史実はどこにも遺っていない。それでも私は、屈原の一生や楚歌を復元してみたい、という強い欲求に駆られていた。もし、〝幻想論〟という形式の論文で書けないのであれば、虚構の小説という形で書いてみようと思い、筆を執ることにした。

こうして生まれたのが、この『楚歌』である。私の幻想論シリーズの異色な作品として読んでいただければ、これに勝る喜びはない。

令和五年　端午節

秋生　騒

参考文献

『史記』　司馬遷　筑摩書房
『ものがたり史記』　陳舜臣　朝日新聞社
『戦国策』　近藤光男　講談社
『屈原』　郭沫若　岩波書店
『憂国詩人　屈原』　竹治貞夫　集英社
『山海経』　高馬三良・訳　平凡社
『漢詩を読む①』　宇野直人・江原正士　平凡社
『楚辞「離騒」を読む』　矢田尚子　東北大学出版会
『文選　新釈漢文大系』　原田種成　明治書院
『項羽と劉邦』（上・中・下）　司馬遼太郎　新潮社
『通俗漢楚軍談』　三浦理・編輯　有朋堂書店

著者プロフィール

秋生 騒（あきう そう）

1949 年、新潟県に生まれる。
大学卒業後、広告代理店に入社。その後、独立し、広告企画会社を設立。
2006 年退社、創作活動を開始する。
2008 年、『聖橋心中』で第四回銀華文学賞奨励賞を受賞。
〈著書〉
『シュメール幻想論』（2018 年、文芸社刊）
『かぐや姫幻想史 竹取物語の真実』（2019 年、文芸社刊）
『明智光秀幻想記　本能寺の変・光秀謀反の真相と真実』（2020 年、文芸社刊）

楚歌　屈原幻想伝

2023年７月15日　初版第１刷発行
2023年９月５日　初版第２刷発行

著　者　秋生 騒
発行者　瓜谷 綱延
発行所　株式会社文芸社
〒160-0022　東京都新宿区新宿１－10－１
電話　03-5369-3060（代表）
03-5369-2299（販売）

印刷所　図書印刷株式会社

ISBN978-4-286-24212-5